DIE HEIRATSLISTE

Drei Gründe, dich zu lieben

Jean C. Joachim
Moonlight Books

ZU DEM E-BOOK, DAS SIE GEKAUFT HABEN: Dieses E-Book kann nicht zurückerstattet werden und der Kauf berechtigt Sie zu EINER LEGALEN Kopie auf Ihrem persönlichen Computer oder Lesegerät. **Sie sind nicht dazu berechtigt, das Buch ohne schriftliche Genehmigung des Verlags oder des Urheberrechtbesitzers weiterzuverkaufen oder zu verbreiten.** Dieses Buch darf in keinem Format kopiert, verkauft oder anderweitig von Ihrem Computer zu einem File-Sharing-Programm hochgeladen werden – weder kostenlos, noch gegen eine Gebühr oder als Wettbewerbspreis. Solch ein Vorgehen ist illegal und eine Verletzung des U.S. Urheberrechtgesetzes. Die Weitergabe dieses E-Books, im Ganzen oder in Teilen, online, offline, als Printversion oder in einer anderen bisher bekannten oder zukünftig erfundenen Form ist verboten. Wenn Sie dieses Buch nicht mehr haben möchten, muss es von Ihrem Computer gelöscht werden.

WARNUNG: Die unautorisierte Vervielfältigung oder Weitergabe dieses urheberrechtlich geschützten Werkes ist illegal. Kriminelle Urheberrechtsverletzungen, auch ein Vergehen ohne Geldgewinn, werden vom FBI ermittelt und mit bis zu 5 Jahren Gefängnis oder einer Gebühr von $250.000 bestraft.

Ein Moonlight Books Roman
Sensual Romance
THE MARRIAGE LIST
Copyright © 2011 Jean C. Joachim
Erste E-Book Veröffentlichung:
Covergestaltung: JK Cohen
Deutsche Übersetzung: Anna Awgustow
Cover und Logo-Copyright @2019 durch Moonlight Books
ALLE RECHTE VORBEHALTEN: Dieses literarische Werk darf nicht vervielfältigt oder in jeglicher Form, auch nicht elektronisch oder durch fotografische Weiterverbreitung, im Ganzen oder in Teilen, ohne schriftliche Genehmigung weitergeleitet werden.

Die Charaktere und Geschehnisse in diesem Buch sind rein fiktional. Jegliche Ähnlichkeit zu Personen, ob lebendig oder tot, ist rein zufällig.

HERAUSGEBER
Moonlight Books

Widmung

Für meine Tante, Nan Edelston Cohen, die dieses Buch lieben würde, hätte sie seine Veröffentlichung noch miterleben können.

Andere deutschsprachige Bücher von Jean C. Joachim

FIRST & TEN SERIES
GRIFF MONTGOMERY, QUARTERBACK
BUDDY CARRUTHERS, WIDE RECEIVER
PETE SEBASTIAN, COACH
DEVON DRAKE, CORNERBACK
HOLLYWOOD HEARTS SERIES
WÄR' ES LIEBE

Kapitel Eins

Neid brannte in Greys Brust, als er das Blondie's betrat, die Sportbar auf der West 79th Street. Seine drei besten Kumpels hatten alles – großartige Jobs und tolle Frauen – während er mit dreißig Jahren immer noch Tag und Nacht arbeitete, jeden Penny sparte und alleine schlief ... meistens jedenfalls. Heute Abend musste er sich der Herausforderung stellen, ihren Prahlereien zuzuhören, ohne dass ihm das Lächeln vom Gesicht rutschte.

In der Bar ging es lebhaft zu, mit auferndem Gelächter und drei Baseballspielen, die auf verschiedenen Bildschirmen liefen. Grey fragte sich, wann endlich sein Glück an der Reihe war. Er setzte sich an einen Tisch und stürzte einen Drink hinunter, bevor seine Freunde eintrafen. Er fuhr sich unachtsam mit der Hand durch sein sandfarbenes Haar.

Seine braunen Augen durchschweiften den Raum und suchten nach Frauen, die Interesse an einem Date haben könnten. Einige anziehende Exemplare saßen an der Bar und unterhielten sich angeregt. Er würde sie später ansprechen. Eine schaute zu ihm herüber und ließ langsam ihren Blick über seinen Körper gleiten. Ihr breiter werdendes Lächeln signalisierte ihre Zustimmung zu dem, was sie sah. Ihr blondes Haar und ihr auferndner Busen machten es ihm schwer, sich wieder der Tür zuzuwenden, durch die Will die Bar betrat, gefolgt von Spence.

Grey hob die Hand, um seine Freunde zu begrüßen, als sie zu seinem Tisch vordrangen. Sie trafen sich jedes Vierteljahr einmal, um sich bei ein paar Bier und einem Abendessen zu unterhalten. Seit acht Jahren hatten sie nun das College hinter sich gelassen, aber wenn sie zusammen waren, dann fühlte sich alles wie damals an, als sie noch in der Studentenverbindung waren. Sie waren praktisch unzertrennlich gewesen und hatten sich daher die „vier apokalyptischen Reiter" genannt. Als Bobby ebenfalls angekommen war, bedeuteten sie der Kellnerin, ihnen einen weiteren Krug Bier auf den Tisch zu stellen.

Nachdem sie ihr Abendessen bestellt hatten, ließen sich die Reiter auf ihren Stühlen nieder. Grey sprach als Erster.

„Also, wie bekommt euch denn das Eheleben so?"

„Du denkst wohl ans Heiraten, Grey?", fragte Bobby.

„Das wäre mal eine Neuigkeit", schaltete sich Will ein, bevor er einen großzügigen Schluck Bier trank.

„Ja, das klingt gut. ‚Grey Andrews, endlich ermüdet von den immer neuen Frauen jede Nacht, gibt nun das Junggesellenleben auf'", sagte Spence, während er mit seinen Fingern Anführungsstriche in die Luft malte, als würde er aus einer Zeitschrift zitieren.

„Darauf trinke ich", sagte Will und hob seinen Krug zu einem spöttischen Toast.

„Du trinkst doch auf alles!", rief Bobby.

„Also, wer ist sie?", fragte Spence. Seine Augen verengten sich zu Schlitzen, als er mit seinem Blick Grey durchbohrte.

„Niemand. Es gibt niemanden", sagte Grey. Sein Kragen fühlte sich plötzlich sehr eng an. Seine Hand fuhr nach oben und er knöpfte sein Hemd ein wenig auf. Dann nahm er einen tiefen Atemzug.

„Sicher, sicher. Du musst es uns nicht sagen, aber irgendwann werden wir es sowieso herausfinden", sagte Will.

„Kommt schon, Jungs, ich meine es ernst", sprach Grey weiter.

„Also hast du aufgehört, sechzig Stunden die Woche zu arbeiten und mit allem zu schlafen, was nach einer Nacht an der Bar mit dir nach Hause gekommen ist?", fragte Bobby.

„Vielleicht."

„Du wirst also deinen Mitbewohner rausschmeißen und stattdessen eine Frau in deine winzige Wohnung einziehen lassen?", fragte Will.

„Ich schau mich um."

„Also: der Notgroschen ist angespart und du bist jetzt bereit für den nächsten Schritt? Grey, du planst wie ein Mädchen", kicherte Spence und die beiden anderen lachten mit ihm.

„Also war zu heiraten doch nicht so das Wahre für euch Jungs? Das höre ich gerade so heraus", sagte Grey grinsend.

Grey, der Einzige unter ihnen, der unverheiratet war, interessierte sich dafür, wie es seinen Freunden mit ihrer Ehe ergangen war. Auch wenn er nicht verliebt war, noch nicht einmal mit einer bestimmten Frau auf Dates ausging, dachte er daran, wie es wohl wäre, wenn er diesen Schritt wagen würde... Es war an der Zeit, nach Mrs. Right zu suchen. Spence hatte recht – Grey plante sein ganzes Leben.

Will trank von seinem Bier, bevor er sich wieder Grey zuwandte.

„Lässt dir dein durchgeknallter Job überhaupt die Zeit, um dich zu verheiraten?"

Grey hatte die letzten acht Jahre damit verbracht, sechzig Wochenstunden zu schieben, um erfolgreich zu sein; seine Arbeit bei einer Investmentfirma nahm ihn völlig in Anspruch. Er überwachte das Geld seiner Mandanten und sein eigenes. Er lebte von praktisch nichts, führte Frauen auf nicht allzu teure Dates aus, lebte in einer WG, nur, damit er sich das Geld für seine finanzielle Freiheit und eine Heirat, wie er sie sich vorstellte, ansparen konnte.

„Du bist immer noch der ,Meister des billigen Dates', oder, Grey?", fragte Spence ihn und stellte sein leeres Bierglas ab.

Dann war er halt erfindungsreich genug, preiswerte Dates mit Frauen zu haben – und wenn schon. Picknicks im Central Park, kostenfreie Konzerte, Zoobesuche an eintrittsfreien Tagen, lange Spaziergänge. Die Frauen, die mit ihm ausgingen, interessierten sich nicht dafür, dass ihre Ausflüge ungewöhnlich statt teuer waren. Grey umwarb seine Frauen mit so wenigen Dollars wie möglich und sparte jeden Cent. Es lohnte sich. Sein Geld vermehrte sich mit erstaunlicher Geschwindigkeit.

„Ich bin immer noch vorsichtig mit dem Geld, Spence. Wie steht's eigentlich nun mit deiner Ehe?", fragte Grey und lehnte sich in seinem Stuhl zurück.

Grey hatte eine Mission: Daten sammeln, Informationen aushorchen, alles, um einen Plan für das perfekte Eheglück auszuarbeiten. Nach zwei Krügen Bier lösten sich die Zungen seiner Freunde allmählich.

„Meine Frau nervt mich, zusammen mit ihrem Innenarchitekten und dem Koch. Das Wohnzimmer ist komplett weiß, also kann ich keine Schuhe darin tragen. Meine Füße auf den Kaffeetisch legen. Und das Essen! Winzige Portionen, Salate. Ich will doch einfach nur wieder einen guten, ordentlichen Hackbraten essen. Ich lebe wie ein Hase", beschwerte sich Will, als er sein Glas wieder auffüllte.

Am Tisch war es für einen Moment still.

„Bobby, wie ist die sexy Lady so, die du geheiratet hast?", fragte Spence. In seinen Augen glitzerte entweder Lust oder Neid, Grey hätte es nicht sagen können.

„Pass bloß auf, Spence. Nur weil sie große Titten hat ..."

„Mann, die muss heiß sein", redete Spence weiter.

„Ich hab gesagt, pass auf!" Bobby war schon halb aufgestanden, als Grey ihm eine Hand auf den Arm legte, um ihn zurückzuhalten.

„Was ist denn los, Spence, sie besorgt's dir wohl nicht?", machte sich Bobby lustig.

„Susan ist jemand, mit dem man großartig reden kann. Sie liebt das. Sie ist sehr intelligent, sogar intellektuell, innerhalb und außerhalb vom Schlafzimmer. Aber was ich im Bett will, das hat mit Reden nichts zu tun", sagte Spence und starrte in sein Bier.

„Ich würde mir wünschen, Tiffany würde ein bisschen mehr reden. Sie meint immer, dieser ‚Rechtsanwaltskram' sei langweilig. Ich sage ihr immer: ‚Ja, Schatz, aber dieser sogenannte Rechtsanwaltskram bezahlt immerhin deine Garderobe', aber sie versteht es einfach nicht", sagte Bobby und signalisierte der Kellnerin eine Bestellung für mehr Bier.

Grey hörte nicht, was er erwartet hatte. Er hatte sich darauf vorbereitet, dass er genug Geschichten des perfekten Glücks hören würde, dass selbst eine gesunder Magen Schwierigkeiten hätte, sich nicht zu übergeben, aber dazu war es überhaupt nicht gekommen. Stattdessen hörten seine Freunde nicht auf, sich über ihre Frauen zu beschweren, was diese scheinbar perfekten Wesen sie, die apokalyptischen Reiter, vermissen ließen. Seine frustrierten Kumpel ließen sein Interesse an den Frauen an der Bar schlagartig sinken. Die Aufdeckung ihrer Unzufriedenheit ließ in Grey die Frage aufkeimen, ob eine Ehe überhaupt so eine gute Idee für ihn war.

DEN NÄCHSTEN ABEND hatte er sich mit seiner Schwester Jenna zum Abendessen verabredet. Sie war zwei Jahre jünger als er, verlobt und arbeitete als Lehrerin an der Mittelschule. Sie war nach New York gekommen, um ein Hochzeitskleid zu kaufen und mit ihrem Lieblingsbruder das Brot zu brechen. Grey führte sie in ein schönes französisches Restaurant aus. Nach einem guten Tag am Aktienmarkt wollte er seine kleine Schwester mit einem großartigen Abendessen verwöhnen. Grey bestellte einen Martini, Jenna einen Chardonnay. Sie schaute sich um. Die Wände waren schokoladenbraun mit einem cremefarbenen Rand; die Tischdecke war ebenfalls cremefarben, das Geschirr rosaweiß. Sie nippte an ihrem Wein.

„Wie fühlst du dich bei dem Gedanken, dass du, naja... bald heiratest?", fragte er sie.

„Großartig! Bill ist genauso, wie ich mir meinen Mann immer erträumt habe!", schwärmte Jenna.

„Ist er ein guter Zuhörer?", fragte Grey weiter, als er die Speisekarte öffnete.

Sie nickte.

„Und sorgt er gut für dich?"

„Er verdient nicht schlecht als Jurist bei der Bank." Jenna schaute sich die Tageskarte an, die auf einen Extrazettel gedruckt worden war.

„Und ... im Bett ...?". Greys Blick wanderte von ihrem Gesicht wieder zu der Karte, da er von seiner eigenen Frage peinlich berührt war.

„Grey! Das geht dich nichts an. Was wir privat machen. Also wirklich!"

„Ich weiß, aber seid ihr, äh, kompatibel?" Grey hob die Speisekarte höher, um sein Erröten vor ihr zu verbergen.

„Was meinst du damit?" Sie legte die Tageskarte auf den Tisch und starrte ihren Bruder an.

„Du weißt, was ich meine, Jenna. Tu also nicht so", beharrte Grey und ließ die Speisekarte wieder sinken.

„Wenn du aufhören würdest, mir so eine persönliche Frage zu stellen ..."

„Kompatibel. Also, dass ihr beide immer dasselbe wollt, oder, meistens jedenfalls."

„Grey! Ich kann nicht glauben, dass du mich das gefragt hast." Jenna schaute nach links und rechts, um herauszufinden, ob jemand an einem benachbarten Tisch die Frage gehört hatte und sie anstarrte. Sie war erleichtert, dass die anderen Gäste in ihre eigenen Gespräche vertieft waren und ihrem Unbehagen keine Beachtung schenkten.

„Seid ihr?" Er legte nun ebenfalls die Karte auf den Tisch und freute sich, seine Schwester dort zu haben, wo er sie wollte.

„Darauf werde ich nicht antworten. Warum stellst du mir diese persönlichen Fragen? Das sieht dir gar nicht ähnlich", sagte Jenna. Röte schoss in ihre Wangen.

„Wir hatten ein Treffen der ‚Vier apokalyptischen Reiter', vor zwei Tagen."

„Du hast immer noch Kontakt mit diesen Jungs?"

„Sicher. Sie sind meine besten Freunde."

Die Kellnerin erschien und sie bestellten ihr Abendessen. Grey wählte einen Wein dazu und musterte sie von oben bis unten. Jenna warf ihm einen bösen Blick zu und er lächelte sie verlegen an.

„Also? Dein Essen mit den Reitern?", hakte sie nach, nahm ihr Wasserglas und genehmigte sich einen Schluck.

„Sie haben über ihre Frauen gesprochen … eher beschwert, jeder über etwas anderes, und das hat mich zum Nachdenken gebracht. Ich würde mit keinem von ihnen tauschen wollen. Ich dachte immer, sie hätten alles, was man sich nur wünschen könnte … großartige Jobs, wunderbare Frauen." Er räusperte sich. „Nun bin ich mir nicht mehr so sicher."

„Du möchtest nicht in die gleiche Falle gehen?"

„Jeder von ihnen hatte eine andere Klage, eine völlig andere Sache, die ihn an seiner Frau gestört hat. Drei große Dinge." Grey schaute auf seine Hände.

„Eins davon S-E-X?" Jenna hob eine Augenbraue.

„Spence", fügte er mit einem sauren Lächeln an, „bekommt nicht genug. Ich würde meine Frau nicht anbetteln wollen, dass ich mit ihr schlafen kann." Grey hob ebenfalls sein Wasserglas zu seinen Lippen und trank, als er seine Schwester beobachtete.

Die Kellnerin kehrte mit dem Wein zurück, entkorkte die Flasche und füllte ihre Gläser. Jenna wartete, bis die Kellnerin außer Hörweite war, bevor sie die heikle Konversation wieder aufnahm.

„Deswegen fragst du mich nach all diesen Privatangelegenheiten?" Ihr Gesichtsausdruck hellte sich voller Verständnis auf.

„Ich muss einfach wissen, ob es so üblich ist … wenn man eine ganze Weile zusammen ist … zu betteln?"

„Haben sich Bobby und Will auch darüber beschwert?"

Grey schüttelte den Kopf.

„Dann ist es also nicht bei jedem so." Jenna nahm einen Schluck Wein und lächelte zustimmend.

„Übersetzung, du und Bill seid sexuell kompatibel. Du lässt ihn nicht betteln?"

„Nur wenn er ein böser Junge war." Sie lachte.

„Jenna! Sei mal für eine Sekunde ernst." Er hustete ein paar Mal. Er hatte sich an seinem Wasser verschluckt.

„Wie könnte ich? Das ist doch lächerlich. Hast du überhaupt schon eine Frau ins Auge gefasst, die du gerne heiraten möchtest?"

„Noch nicht, aber das kommt noch. Ich plane gerade. Es läuft derzeit gut bei mir, und bald werde ich in der Lage sein, ein neues Leben zu beginnen – eins mit Platz für eine ganz normale Frau an meiner Seite."

„Eine ganz normale Frau? Ich würde dich mir auch ungern mit einer unnormalen Frau vorstellen", kicherte sie.

„Jenna! Du weißt, was ich meine."

„Der Junggeselle der Familie Andrews will sesshaft werden. Das sind mal Neuigkeiten."

„Es ist kein Witz", beschwerte er sich, als er ihre Weingläser nachfüllte.

„Es tut mir leid, Grey. Ich weiß, dass es nicht so ist. Weiß Gott, du wirst nicht jünger ... Ernsthaft, ich freue mich, dass du jetzt soweit bist."

Die Kellnerin erschien mit ihrem Essen.

„Ich brauche Hilfe, ein paar Hinweise", sagte Grey, bevor er sich eine Gabel voll Sole Meuniere in den Mund schob – panierte Seezunge.

„Lass uns mal mit etwas anfangen, womit ich fast jedes Problem in meinem Leben löse – mit einer Liste", sagte sie und suchte in ihrer Handtasche nach einem Stift.

„Ich mag Listen nicht ... Das machen Mädchen."

„Willst du nun meine Hilfe oder nicht?" Sie zog einen kleinen Notizblock aus ihrer Tasche.

Er nickte und bedeutete ihr mit einer Handbewegung, fortzufahren.

„Okay. Drei Kerle. Drei frustrierte Ehemänner. Drei Fehler, die eine Frau haben kann. Der erste?", fragte sie, als sie ein Stück von ihrem Hähnchen-Cordon-Bleu abschnitt.

„Bobby war unzufrieden, dass seine hinreißende, sexy Ehefrau ihm nie zuhört. Sie denkt, dass seine Arbeit als Anwalt langweilig ist. Ich möchte mit meiner Frau über meinen Job reden können, egal welcher es ist, und egal, wie groß ihre Brüste sind", sagte er mit einem plötzlichen Grinsen.

Jenna sah ihn streng an.

„Nummer eins, sie sollte intelligent sein. Mit dir sprechen und dir zuhören wollen", sagte sie und schrieb. „Weiter?"

„Will hat gesagt, seine Frau gibt sein ganzes Geld für die Wohnungsausstattung und Ernährung aus, aber trotzdem fühlt er sich in seinem eigenen Heim nicht wohl. Dieser Mann igelt sich in dem winzigsten Raum des ganzen gigantischen Hauses ein, weil Vicky alles in Weiß hat einrichten lassen, und nun wird alles dreckig ... oder so."

„Übersetze mir Wills Problem in einen Wunsch – für deine Wunschliste."

„Keine *Wunsch*liste. Das ist eine *Muss*liste", sagte Grey und spießte eine riesige Portion Seezunge auf seine Gabel.

„Okay, also wie äußert sich Wills Dilemma in einer guten Eigenschaft, die dir wichtig ist?" Jenna nahm die Gelegenheit wahr und ließ sich ebenfalls einen Bissen von ihrem Abendessen schmecken.

„Hmm. Das ist nicht so einfach."

„Eine gute Hausfrau?"

„So was in der Art. Ich halte nicht nach einer Betty Crocker Ausschau. Eher nach einer Frau, die einen Haushalt führen kann, schätze ich ... Und ein schönes, gemütliches Heim für mich erschafft, weil ich mich dabei sehr dumm anstelle. Und sie sollte selbst kochen können. Ich möchte mir weder einen Innenarchitekten noch einen Koch leisten. Ergibt das Sinn?", fragte er.

„Eine Frau, die ein Haus einrichten und behaglich machen kann, richtig? Nichts um anzugeben oder dich Bankrott zu machen. Und sie sollte kochen können", sagte Jenna und kritzelte auf ihrem Block.

Grey nickte zustimmend.

„Und Nummer Drei ... Spence?", fragte Jenna.

„Das ist besonders wichtig. Niemals möchte ich um Sex betteln müssen." Grey hatte den letzten Bissen heruntergeschluckt.

„Sexuelle Kompatibilität, richtig?"

„Mehr als das."

„Wie meinst du das?"

„Sie muss es genauso wollen wie ich. Ich möchte keine Frau, die ihren Kopf zur Seite dreht und sagt, ‚okay, dann mach mal', ich möchte eine, die es selbst auch will ... mich will ... die möchte, dass ... Ich kann das nicht mit dir besprechen, Jenna", sagte Grey und nahm sein Weinglas auf, um von der aufsteigenden Röte in seinem Gesicht abzulenken.

„Dann schreib den letzten Punkt selbst auf. Ich notiere ‚Sexuelle Kompatibilität', was auch immer das konkret für dich heißt. Bitte erklär es mir *nicht*. Okay?" Jenna riss das oberste Blatt von ihrem Block.

Er lächelte schelmisch und nickte zustimmend.

„Hier ist deine Liste. Lern sie auswendig. Jedes Mal, wenn du mit einer Frau ausgehst, hältst du nach diesen drei Dingen Ausschau", riet ihm Jenna, als sie ihm das Papier in die Brusttasche steckte.

„Und wie steht's mit Ehrlichkeit? Humor? Aussehen?" Er hob die Augenbrauen.

„Das sind wichtige Eigenschaften, vor allem die ersten beiden. Ich schätze, die muss sowieso jede haben, die ein zweites Date mit dir möchte. Die Liste geht über die ersten zwei oder drei Dates hinaus. Benutze sie, wenn du dir ernsthaft vorstellen kannst, viel Zeit mit einer bestimmten Frau zu verbringen. Dann wird dir die Liste nützlich sein. Ich muss jetzt langsam los", sagte sie, als sie einen Blick auf ihre Uhr warf.

„Kein Dessert?"

„Nicht, wenn ich noch in mein Hochzeitskleid hineinpassen will, dass ich heute gekauft habe."

„Danke, Jenna", sagte er und küsste seine Schwester auf ihre Wange.

„Du glaubst vielleicht, es ist albern, aber Frauen schreiben nun mal Listen ... Alle Frauen haben eine Liste, die sie auf Männer anwenden, genauso eine wie die, welche du auch benutzt. Tu das, Grey. Ich hoffe, sie hilft dir dabei, die Frau zu finden, nach der du suchst."

„Ich auch", sagte er, legte einige Geldscheine auf den Tisch und verließ zusammen mit seiner Schwester das Restaurant.

GREY UND JENNA BEHIELTEN die Liste für sich. Sie sprachen niemals mit Freunden oder der Familie darüber, und auch miteinander redeten sie kaum über dieses Thema. Mit der Zeit empfand Grey die Liste als immer wertvoller, da sie ihn vor einer schlechten Beziehung nach der anderen bewahrte. Er ließ sich niemals auf eine Frau ein, wenn sie die Eigenschaften, die ihm so am Herzen lagen, nicht besaß. Er war dankbar, dass er diese Dinge nicht erst durch ein gebrochenes Herz oder eine gescheiterte Ehe erkennen musste.

Weder Jenna noch Grey hätten sich träumen lassen, dass so eine winzige Liste so viele Frauen ausschließen würde. Grey intensivierte seine Bemühungen, aber nach drei Jahren hatte er immer noch keine Ehefrau gefunden, noch nicht einmal eine Verlobte oder überhaupt eine Frau, mit der er sich etwas Ernsteres hätte vorstellen können. Er war einsam und frustriert, sparte und sparte, ohne dass er sein Vermögen mit jemandem hätte teilen können.

Er weigerte sich, die Liste aufzugeben, welche sich inzwischen in sein Gedächtnis eingebrannt hatte – das kleine Stück Papier war schon lange verschwunden. Er glaubte immer noch daran, dass sie ihn zu seiner wahren Liebe führen würde, doch nachdem er nun schon so lange danach gesucht hatte, wurde der geduldige Mann allmählich ungeduldig.

Kapitel Zwei

In einer gehobenen Adresse an der Madison Avenue schritt Carrie Tucker schnell den langen Flur von ihrem kleinen Büro bei Goodhue, Walker and Beane Advertising zu Mr. Goodhues Büro hinunter. Sie knöpfte die zwei oberen Knöpfe an ihrer Bluse auf, warf ihr gesträhntes blondes Haar zurück, zog eine Grimasse und machte den zweiten Knopf wieder zu.

Zu Mr. Goodhue gerufen zu werden, bedeutete meistens eins von zwei möglichen Ursachen: befördert oder gefeuert. Sie hatte viel Lob für ihre Arbeit als Werbetexterin erhalten und war schon einmal befördert worden. Das war vor zwei Jahren gewesen. Würde man sie nun wieder befördern oder entlassen? Sie schwitzte vor Nervosität. Es wurde feucht unter ihren Achseln. Als Carrie hinter dem Eingangsbereich um die Ecke bog, öffnete sie den Knopf wieder und ging weiter.

Als sie sich seinem Büro näherte, murmelte sie zu sich selbst: „Das ist kein Schönheitswettbewerb." und schloss ihre Bluse wieder komplett, gerade rechtzeitig bevor sie vor Mr. Goodhues Sekretärin stand.

„Guten Morgen, Wanda", sagte Carrie und richtete ihre klaren blauen Augen auf die junge Frau.

„Hi, Carrie. Er wartet schon auf sie, gehen Sie einfach rein", sagte die pummelige, brünette Frau mit den größten blauen Augen, die sie jemals gesehen hatte.

„Carrie, setzen Sie sich." Nathan Goodhue, ergrauende Schläfen, perfekt geschnittener, maßgeschneiderter italienischer dunkelgrauer Anzug, zeigte auf einen Stuhl. Er trug das weiße Hemd und die rote

Krawatte, die das obere Management meistens tragen musste. Die Unternehmensfarben.

Sie nahm Platz und versuchte, erfolglos, zu lächeln.

„Stimmt etwas nicht?", fragte er, wobei er von seiner vollen Höhe von ein Meter neunzig auf sie herabblickte.

Sie schüttelte ihren Kopf, verschränkte und entschränkte ihre Beine.

„Sie haben keine Angst vor mir, oder?", fragte er, und versuchte, ein Grinsen zu verbergen.

„Werden Sie mich feuern, Mr. Goodhue?", brach es aus Carrie heraus.

„Oh mein Gott, nein!" Er lachte und setzte sich hinter seinen Schreibtisch.

Er beugte sich vor und beäugte die hübsche junge Frau, nahm einen Schluck von seinem Kaffee aus der Tasse aus französischem Limoges-Porzellan auf seinem Schreibtisch und räusperte sich.

„Sie haben hier bei GWB einen exzellenten Job gemacht. Ich möchte Ihnen dafür danken, indem ich Ihnen eine Chance anbiete, ihre Arbeitsleistungen auch vollständig zur Geltung bringen zu können", sagte Goodhue und lehnte sich in seinem Stuhl zurück.

Ein Seufzer der Erleichterung entfuhr Carrie, dann wartete sie darauf, dass er fortfuhr.

„Sie wissen, der schnellste Weg, hier zum Creative Director aufzusteigen, ist, neue Kunden zu akquirieren."

Sie nickte.

„Ich gebe Ihnen dafür eine Chance. Sie werden in der Abteilung für New Business eingesetzt."

„Das New-Business-Team?"

„Zusätzlich zu Ihren Aufgaben für Country Lane Cosmetics werden Sie nun auch mit Gus und Joanne zusammenarbeiten, um Pitches für neue Kunden zu erstellen."

„Das ist ganz schön viel Extra-Arbeit, nicht wahr?" Carrie kreuzte wieder ihre Beine.

„Es wird Sie einige Nächte und Wochenenden kosten, aber ich dachte, sie wollten möglichst schnell aufsteigen in der Firma. Sie *wollen* doch der erste weibliche Creative Director hier sein, oder etwa nicht?" Goodhue lehnte sich in seinem Stuhl zurück und verschränkte die Hände an seinem Hinterkopf.

„Nun, ich hatte gehofft ..."

„Dies ist der Weg zu ihrem Ziel ... Der einzige Weg. Alle unsere Creative Directors waren entscheidend für die Gewinnung eines wichtigen neuen Kunden. Den sie dann exklusiv betreuen."

„Ist es nicht so, als würde ich gleichzeitig noch einen zweiten Vollzeitjob machen?" Ihr Griff um die Tasse wurde fester.

„Es ist mehr Arbeit, aber niemand wird Creative Director, ohne mehr Zeit zu investieren als andere. Creative Directors brauchen Ausdauer genauso wie Begeisterung und Talent. Sind sie ehrgeizig genug? Falls ja ... falls Sie es wirklich wollen, werden Sie mit ein paar Überstunden keine Probleme haben." Er stand auf und brachte seine Tasse zur Anrichte zurück.

„Aber ich habe es so verstanden, dass es sehr viele Überstunden sein werden ..."

„Haben Sie einen Partner, den das stören könnte?" Er drehte seinen Kopf zu ihr und sprach über seine Schulter, als er seine Tasse wieder auffüllte.

Carrie schüttelte ihren Kopf.

„Also, wo liegt dann das Problem? Ich kenne drei andere Texter, die ihren rechten Arm für diese Gelegenheit geben würden. Sie haben mehr Talent als die. Darum biete ich sie Ihnen als Erste an, Carrie. Es ist Ihre Entscheidung, sie auch wahrzunehmen." Goodhue kehrte zu seinem Schreibtisch zurück, schaltete den Monitor seines Computers an und öffnete seinen Kalender.

Das Gespräch war offensichtlich vorbei. Carrie war wie gelähmt. Sie stand auf, als sie merkte, dass von ihr erwartet wurde, zu gehen. „Danke, Mr. Goodhue, für diesen Vertrauensvorschuss."

„Danke Ihnen. Sie haben es sich verdient, meine Liebe. Nun beweisen Sie mir, dass ich mit Ihnen richtig lag", sagte er, wobei er seinen Kopf kurz anhob, um mit ihr zu sprechen. Dann starrte er wieder auf seinen Bildschirm.

Carrie verließ sein Büro, rang sich für Wanda ein Lächeln ab und lief den Flur entlang. Als sie in ihrem Büro ankam, schloss sie die Tür hinter sich und ließ sich auf ihren Schreibtischstuhl fallen.

Großartig, mehr Arbeit ohne bessere Bezahlung! Tolle Auszeichnung. Ausgezeichnet, kein Sozialleben zu haben. Trotzdem – ich könnte der erste weibliche Creative Director bei GWB werden. Darauf habe ich die letzten sieben Jahre hingearbeitet.

Carrie fragte sich, in welchem Rahmen sich die Mehrarbeit wohl bewegen mochte. Sie hatte anderen Textern dabei zugesehen, wie sie dabei ausgebrannt waren, ihre üblichen Aufgaben und die Erstellung brillanter Pitches für potentielle Kunden gleichzeitig zu jonglieren. Viele hörten auf, wenn ihre Pitches nicht die großen Kunden an Land zogen, auf die sie gehofft hatten. Nun würde sie also auf dem heißen Stuhl sitzen. *Es ist eine Ehre, dafür ausgewählt zu werden, oder?*

Ihre Gedanken wurden unterbrochen, als eine hübsche und gut angezogene dunkelhaarige Frau den Kopf in ihr Büro steckte.

„Mittagessen?", fragte sie.

„Ich habe heute große Neuigkeiten", sagte Carrie und lächelte Rosie Carrera zu. Sie war Assistant Production Manager.

„Lass hören!", sagte Rosie und trat ein. Danach machte sie die Tür wieder hinter sich zu.

„Mr. Goodhue hat mich gerade gefragt, ob ich dem New-Business-Team beitrete." Carrie lehnte sich in ihrem Stuhl zurück und legte ihre Füße auf ihren Papierkorb.

„Ich hoffe, du hast ‚nein' gesagt?", fragte Rosie und ließ sich in einen modernen Stuhl gegenüber Carries Schreibtisch sinken.

„Man erteilt Mr. Goodhue keine Abfuhr. Mach keine Witze." Sie setzte sich kerzengerade in ihrem Stuhl auf.

„Er ist ein hohes Tier, stimmt. Aber du willst eigentlich nicht, oder?"

„Ich möchte Creative Director werden ... also werde ich es wohl tun müssen."

„Ich dachte, du wolltest schreiben?", fragte Rosie und hob eine Augenbraue.

„Ich schreibe doch."

„Ich meine, mehr als nur Werbetexte ... echtes Schreiben."

„Das ist doch echtes Schreiben", sagte Carrie und lehnte sich wieder in ihrem Stuhl zurück.

„Ich meine ... ich meine Geschichten."

„Das ist meine wahre Liebe, aber ich kann mich damit nicht über Wasser halten und Prince Charming hat bisher noch keinen Termin gemacht, bei mir vorbeizuschauen, also bin ich auf mich selbst gestellt."

Carrie wollte es Rosie nicht erzählen, aber sie hatte bereits einen Roman beendet – einen Krimi, den sie an den Abenden und Wochenenden geschrieben hatte, wenn sie gerade keinen Partner gehabt hatte.

„Du gibst die Männer zu schnell auf."

„Ach ja? Gibt es in New York eigentlich noch ein egozentrisches Ekel, mit dem ich noch nicht ausgegangen bin?", schnaubte Carrie und trank einen Schluck ihres Kaffees. Sie verzog das Gesicht, als sie merkte, dass er bereits kalt war.

Rosie lachte. „Vermutlich nicht."

„Du hast dir den letzten Prince Charming alter Schule geschnappt, Rosie, und der Rest von uns ist neidisch", sagte Carrie und grinste ihre Freundin an.

Rosie errötete. „Ja, Eduardo ist mein Prinz Charming. Aber ich muss noch arbeiten ... für eine kleine Weile."

„Dann kannst du aufhören und ein Baby bekommen", sagte Carrie und blickte aus dem Fenster im neunzehnten Stock auf den Himmel.

„Auch für dich wird dieser Traum eines Tages in Erfüllung gehen, Carrie."

„Ich bin froh, dass du so denkst. Ich habe schon aufgegeben."

„Aufgegeben? Du bist doch erst neunundzwanzig ... Schwachsinn!", spottete Rosie.

Gus Parker öffnete die Tür und steckte seinen Kopf hinein. „Es gibt ein Meeting des New-Business-Teams in zehn Minuten, Carrie ... Im kleinen Konferenzraum."

Er war so schnell verschwunden, wie er hereingeschaut hatte.

„So viel zu dem Thema Ruhe und Frieden ... und Mittagessen heute", sagte Rosie und erhob sich.

„Das ist der Startschuss", sagte Carrie, stand ebenfalls auf und dehnte ihre Arme über ihrem Kopf.

„Genieß die Achterbahnfahrt. Du hast es so gewollt", sagte Rosie und strich die Falten auf ihrem Rock glatt, bevor sie sich aufmachte, in ihr Büro zurückzukehren.

„Habe ich, nicht wahr?", sagte Rosie und kramte auf ihrem Schreibtisch herum.

Nachdem Rosie gegangen war, zog Carrie ein neues Notizheft unter einem Stapel Papiere hervor und steckte es sich unter den Arm. Sie drehte einen Stift zwischen ihren Fingern, als sie den Flur hinunterging. *Die Chance des Lebens zu bekommen kann auch nach hinten losgehen. Was, wenn ich nicht gut genug bin?* Sie kaute am Ende des Stifts, als sie sich dem kleinen Konferenzraum näherte.

Kapitel Drei

Ihre Handflächen waren verschwitzt, ihr Herz klopfte schnell und ihr Mund war trocken. Carrie würde gleich zum ersten Mal ihren Krimi einem Lektor vorstellen und sie hatte Angst, große Angst. Sie trat in den kleinen Raum, der vom Rest des Schreibworkshops abgetrennt war, damit sich Lektoren und Schriftsteller in Ruhe beraten konnten. Ein kleiner Mann, mit Hemd und einer einfachen braunen Hornbrille bekleidet, saß an einem Tisch. *Das muss Paul Marcel sein, der Lektor von Rocky Cliffs Press.*

Carrie zog ihren Rock glatt und achtete darauf, dass ihre Bluse leicht aufgeknöpft, aber nicht zu freizügig war. Sie nahm ihr Manuskript und die Zusammenfassung und trat ein. Sie fühlte sich alles andere als zuversichtlich. Sie setzte sich ihm gegenüber und lächelte.

Er lächelte zurück und schaute dann auf ein ausgedrucktes Blatt. „Sie sind Carrie Tucker?"

Sie nickte.

„Erzählen Sie mir von ihrem Buch", sagte er, setzte ich bequem hin, faltete die Hände hinter seinem Kopf und beobachtete sie.

Gerade, als sie ihren Mund öffnen wollte, schritt ein Mann in den Raum.

„Paul! Warte. Wir brauchen dich drüben", sagte der Mann.

„Ich möchte mir gerade einen Pitch anhören, Grey. Kann das nicht warten?"

„Sorry, John ist nur eine Stunde hier und wenn du dieses Darlehen möchtest ..."

Paul schaute zu Carrie und lächelte wieder.

„Miss Tucker ... Carrie, es tut mir leid, aber wir müssen Ihren Pitch verschieben. Ich habe ein Meeting mit einem Investor, den ich nicht warten lassen kann", sagte er und betrachtete wieder die Papiere in seiner Hand. „Ich habe ihre Kontaktdaten hier. Ich werde auf sie zukommen, um einen neuen Termin anzusetzen."

Damit marschierte Paul aus dem Zimmer, direkt hinter ihm der Mann, den er ‚Grey' genannt hatte. Carrie stand auf und legte ihre Hand auf Greys Arm.

„Hey! Sie haben mir die Chance zunichtegemacht, meinen Roman zu veröffentlichen! Ich habe sechs Monate auf die Möglichkeit gewartet, Paul Marcel zu treffen", fuhr sie ihn an.

Grey dreht sich zu ihr um. Sein Blick wanderte über ihr Haar zu den Augen und ihrer Figur und gab ihr ein Gefühl von einer gewissen Nacktheit, aber auch Wärme. Sie starrte offen zurück und betrachtete den attraktiven Mann mit dem umwerfenden Lächeln und dem makellosen grauen Anzug, der seinen sportlichen Körper gut zur Geltung brachte.

„Geben Sie es mir", sagte er und streckte seine Hand nach ihrem Manuskript aus, „Ich werde sicherstellen, dass er es liest."

Bevor sie sich bewegen konnte, hatte er ihr das Manuskript aus der Hand gerissen und ging schnell aus dem Raum. Sie lief hinterher und versuchte, einen Ton herauszubringen, aber er war bald in der Menge verschwunden.

Was ist denn hier passiert? Wo ist mein Manuskript, und wer war dieser Typ? Carrie organisierte sich eine Tasse Kaffee und einen Stuhl. Jeder hetzte um sie herum, suchte nach diversen Vorträgen und den Räumen, in denen sie sich mit Agenten, Lektoren und Verlegern treffen wollten. Sie beobachtete, wie das Treiben langsam abebbte, als sie alle ihre Plätze gefunden hatten. Als sie so dasaß, fragte sie sich, was sie nun tun sollte. Ihr Manuskript war weg, und sie hatte kein Interesse an den Workshops, Vorträgen und Marketing-Befragungen, die sich an die Teilnehmer wandten. Carrie schaute auf ihre Uhr. Es war schon halb nach vier. Sie hatte also einen ganzen Urlaubstag an diese Möglichkeit verschwendet. Sie konnte genauso gut darauf warten, ob Paul Marcel doch noch wiederauftauchte.

Um sechs waren die meisten Teilnehmer gegangen. Arbeiter stapelten Stühle übereinander und klappten Tische zusammen. Berühmte Autoren plauderten untereinander, während sie zusammenpackten und sich auf den Ausgang zubewegten. Immer noch kein Paul Marcel. Aber der gutaussehende Typ mit dem grauen Anzug, der sich ihr Manuskript geschnappt hatte, kam in die zentrale Halle und sah sich um. Er bemerkte sie und schlenderte herüber.

„Ich bin froh, dass Sie noch da sind", sagte er, die Augen direkt auf ihre gerichtet.

„Und?", fragte sie, während sie versuchte, den kleinen Schauder, der ihre Wirbelsäule hinunterlief, zu ignorieren.

„Ich habe Ihr Manuskript Paul gegeben, und er hat mir versprochen, es bis morgen zu lesen."

„Warum sollte ich Ihnen das glauben?", fragte sie. Sie bemerkte, wie breit seine Schultern waren und versuchte, ihren Blick auf sein Gesicht zu konzentrieren.

„Weil ich der stille Teilhaber dieses Verlags bin. Er würde mich nicht anlügen. Ich heiße Grey Andrews", sagte er und hielt ihr seine Hand hin.

„Carrie Tucker", sagte sie und ihre Hand verlor sich in dem warmen, trockenen Gefühl seines starken Griffs.

„Carrie, ich sammle gerade Informationen über E-Book-Verleger. Würden Sie mich zum Abendessen begleiten und mir erzählen, was sie davon halten, aus Ihrer Sicht als Autorin?"

Er weiß, wie das Spiel läuft, das muss man ihm lassen.

„Woher wissen Sie, dass sie gerade mit mir darüber sprechen möchten? Ich könnte Anfängerin sein."

„Ich habe einen Teil Ihres Buchs gelesen, Ihre Zusammenfassung und den Lebenslauf. Sie sind eine gute Schriftstellerin, sie können keine Anfängerin sein."

„Eine Werbetexterin, das ist nicht dasselbe", korrigierte sie ihn, fasziniert von dem schiefen Lächeln auf seinem Gesicht.

„Vielleicht nicht. Aber was ich von Ihnen gelesen habe war... einfach gut geschrieben. Sie werden vermutlich veröffentlicht werden, und zwar recht erfolgreich."

„Also möchten Sie meine Meinung hören?", fragte sie, beeindruckt davon, dass er etwas von ihr gelesen hatte.

„Wenn es Ihnen nichts ausmacht. Kann ich Ihnen dafür ein schönes Abendessen spendieren?", fragte er, und trat näher.

„Warum nicht?", stimmte sie zu. Ihr wurde heißer, je näher er ihr kam.

„Wie wär's mit dem Le Chien D'Or?", fragte er. Ein schickes französisches Restaurant auf der West 55th Street.

Sie lächelte ihm zu, als er ihren Ellbogen nahm und sie aus dem Hilton Hotel herausführte, wo das Meeting stattgefunden hatte. Das Restaurant war nur einige Häuserblocks von hier entfernt.

CARRIE WUSSTE NICHT, ob sie enttäuscht darüber war, dass Grey Andrews tatsächlich das ganze Abendessen damit verbrachte, sie über E-Books auszufragen, über Verlage und ihre Träume, ob sie Schriftstellerin sein wollte, oder nicht. Sie errötete einige Male unter seinem prüfenden Blick, und als seine Hand an ihrer vorbeistrich, als er nach der Kaffeesahne griff, bekam ihr ganzer Arm Gänsehaut.

Sie dachte, zwischen ihnen würde es knistern, aber als er sie nach Hause brachte, machte er keinen Annäherungsversuch, und fragte auch nicht, ob er auf einen Kaffee mit nach oben kommen könnte. Er gab ihr nicht einmal einen Gute-Nacht-Kuss! Es fühlte sich eigenartig an, mit so einem attraktiven Mann auszugehen und nur übers Geschäft zu reden.

Vielleicht ist es ja schwul.

„Du hast mir sehr geholfen, Carrie. Danke. Ich werde sicherstellen, dass Paul dein Manuskript liest und sich bei dir meldet."

Sie nickte und trat verwirrt in die Tür.

Mal gewinnt man, mal verliert man.

Carrie zuckte mit den Achseln und stellte das Radio an, als sie in ihr Badezimmer ging, um sich die Zähne zu putzen. Sie erwischte sich dabei, wie sie zu Michael Bubles ‚Haven't Met You Yet' tanzte.

Kapitel Vier

Am nächsten Tag auf der Arbeit wurde sie von ihrem Vorgesetzten Dennis in sein Büro gerufen.

„Von Ihnen habe ich in letzter Zeit wenig gesehen", sagte er und lehnte sich in seinem Schreibtischstuhl zurück.

„New Business", sagte sie, als sie sich auf den Stuhl vor seinem massiven Schreibtisch setzte.

„Großartig. Country Lane Cosmetics wurde soeben zur Begutachtung gegeben."

„Was?" Carrie setzte sich auf, die Augen weit.

„Der Kunde begutachtet uns sowie drei andere Agenturen."

„Oh mein Gott, warum denn?"

„Es gibt einen neuen Präsidenten ... und der favorisiert eine andere Werbeagentur. Er hat einen neuen Advertising Director mitgebracht. Sie mag uns, hat aber keine Entscheidungsgewalt. Dieser Kunde könnte abspringen, Carrie ... und damit ist auch Ihr Job in Gefahr."

„Was meinen Sie, mein Job?"

„Sie sind die leitende Texterin für Country Lane. Der Großteil Ihres Gehalts generiert sich aus den Honoraren dieses Kunden. Wenn wir ihn verlieren, dann auch das Geld, mit dem wir Sie bezahlen. Verstanden?"

Carrie sank in ihrem Stuhl zurück und machte ein wütendes Gesicht. *Erst soll ich Creative Director werden, und im nächsten Moment bin ich schon fast aus der Tür!*

„Machen Sie besser keine Pläne für die nächsten zwei Monate, Carrie", sagte Dennis.

„Aber ich arbeite auch im New-Business-Team."

„Und? Wenn wir diesen Kunden verlieren, werden Sie nicht mehr New Business machen. Ihr neuer Job wird dann sein, nach einem neuen Job zu suchen. Wenn wir diesen Kunden verlieren, werden Köpfe rollen. Und dieses Mal ist Ihrer genauso auf der Schlachtbank wie der Rest von uns."

„Sagen Sie mir, was Sie nun von mir wollen."

„Ich möchte, dass Sie 24/7 einsatzbereit sind. Sagen Sie New Business, die können sich hinten anstellen."

„Das kann ich nicht tun. Mr. Goodhue hat mich in dieses Team beordert."

„Dann planen Sie nicht damit, noch viel Schlaf zu bekommen", sagte er und stand auf.

Das Meeting war beendet. Sie erhob sich und verließ sein Büro. Sie dachte daran, wie schnell sich ihre Chance, voranzukommen, in Rauch aufgelöst hatte. Dann fragte sie sich, wie sie noch mehr Überstunden machen sollte, als sie es ohnehin schon tat. Es war schlimm genug, dass ihre Aufgaben bei New Business sie einige Nächte in der Woche wachhielten, und ihr mindestens ein Wochenende im Monat raubten. Nun, mit noch mehr Arbeit, die ihre wache Zeit füllte, würde sie niemals Zeit zum Schreiben haben ... oder zum Daten. Sie würde allein bleiben.

Die Sorgen um ihren Job nahmen ihren Kopf völlig in Anspruch, bis sie nach Hause kam und sich ein Fertiggericht warmmachte. Sie nahm ihren Teller und ein Glas Wein mit auf ihren winzigen Balkon. Dort setzte sich Carrie und blickte auf die riesige Stadt vor ihr, als sie über ihr nichtexistentes Privatleben nachdachte. Sie wusste, dass Männer sie attraktiv fanden, denn sie hatte nie Schwierigkeiten damit gehabt, jemanden für ein Date zu finden. Aber keiner von ihnen war der Richtige gewesen. Wenn sie keine Mistkerle waren, unreif und egoistisch, dann gab es keine Chemie zwischen ihnen. Dann kam dieser Typ, Grey Andrews, die Anziehung zwischen ihnen war unglaublich –

und er war vermutlich schwul. Kein Mann, vielleicht bald kein Job ... Sie fühlte sich mutlos.

Das Telefon klingelte und sie erreichte es, bevor ihr Anrufbeantworter ansprang. Sie nahm das kabellose Telefon mit auf den Balkon und setzte sich.

„Wie geht's meiner Lieblingsnichte?", fragte Delia Tucker.

„Haha. Ich bin deine einzige Nichte, Delia. Der wird langsam alt und unwitzig."

„Tut mir leid. Gewohnheit. Wie sieht's bei dir aus? Ich habe schon eine ganze Weile nichts von dir gehört. Arbeitest du schwer, oder hast du einen neuen Mann? Ich hoffe beides."

„Schön wär's. Kein Mann. Nur Arbeit, und selbst die vermutlich nicht mehr lange ..."

AM ANDEREN ENDE DER Stadt führte Grey seine Schwester Jenna zu einem Abendessen aus. Sie war in Big Apple, um zu shoppen, ein oder zwei Museen zu besuchen und mit ihrem Bruder zum Ballett zu gehen. Heute Abend hatte Grey Jenna in seinen silbernen Jaguar XK geladen und fuhr sie nach Chinatown zu einem chinesischen Restaurant, welches er sehr schätzte. Widerstrebend parkte er sein Cabrio an einer Seitenstraße.

Nachdem sie zu ihren Plätzen geführt worden waren, eröffnete Jenna das Gespräch.

„Wir machen uns ein wenig Sorgen um dich, Grey", begann sie.

„Hmm?", murmelte er, als er zwei Tassen mit Tee aus einer dampfenden Kanne füllte.

„Du wirst nicht jünger. Wie alt bist du jetzt? Vierunddreißig? Und immer noch keine Frau in Sicht, oder?"

„Stäbchen?", fragte er seine Schwester und hielt ihr ein Paar hin.

„Gabel", sagte sie und legte die Stäbchen beiseite.

„Jenna, nur weil Bill und du glücklich verheiratet seid, bedeutet das nicht, dass es bei jedem so glatt laufen muss. Ich suche, glaub mir das."

„Hältst du dich immer noch an die *Liste*?", fragte sie, als sie ein wenig Zucker in ihren Tee rührte.

„Ich habe dir schon mal gesagt, die einzelnen Posten auf der Liste sind nicht verhandelbar." Grey öffnete die Speisekarte.

„Also hast du noch keine getroffen, die alle diese Punkte erfüllt?"

„Bei einer Frau, die ich diese Woche getroffen habe, ist das erste Kriterium schon mal vorhanden. Kann ich für uns beide bestellen?"

„Wer ist es denn? Und bestell nichts Seltsames, okay?"

„Sie ist intelligent. Sehr intelligent. Sie schreibt."

„Gut. Vielleicht ist sie ja intelligent genug, herauszufinden, wie sie dich rumkriegen kann."

„Ich bin pflegeleicht, Jenna. Ich hab dir doch gesagt-"

Der Kellner kehrte zurück und Grey bestellte frittierte Teigtaschen, Sesam-Huhn und Pfannkuchen mit Frühlingszwiebeln. Der Kellner nickte, lächelte und verließ sie.

„Also hat diese Frau Schritt Eins erfolgreich absolviert."

„Das ist nicht selten."

„Wenn du nur mehr Kompromisse eingehen würdest..."

Das Sesam-Huhn wurde serviert. Der Kellner stellte zwei kleine Schüsseln mit dampfendem Reis dazu.

„Warum sollte ich? Das sind drei einfache Wünsche, die ich erfüllt haben möchte. Das sind die Schlüssel zu meinem Glück in der Ehe. Ohne diese Bedingungen kann ich nicht glücklich verheiratet sein, also warum sollte ich es dann überhaupt tun?"

„Manchmal kannst du einem wirklich auf die Nerven gehen", sagte Jenna und häufte Reis auf ihren Teller.

„Ich bin entschlossen. Entschlossen, nicht nachzugeben." Grey legte das Sesam-Huhn auf einen kleinen Berg aus Reis auf seinem Teller und langte zu. Geschickt beförderte er die einzelnen Bissen mit den Stäbchen vom Teller in seinen Mund.

„Mach deine eigenen Regeln. Ich hoffe, du findest eines Tages diese schwer zu fassende, sagenhafte Frau, die in der Küche genauso gut ist wie im Bett", sagte Jenna und nahm ihre Teetasse in die Hand.

Grey grinste und bedeutete dem Kellner, dass er zahlen wollte.

„Wenn ich sie finde ... wenn ich sie finde, wirst du die Erste sein, die davon erfährt."

„Ich denke, *du* wirst derjenige sein, der zuerst davon erfährt, Grey", lachte Jenna, als sie mit ihm mit den Teegläsern anstieß.

Grey legte einige Banknoten als Trinkgeld auf den Tisch und schrieb einen Scheck, den er bei der Kasse hinterlegte. Jenna kam von der Toilette wieder und die beiden stiegen in sein Auto und fuhren stadtaufwärts.

Kapitel Fünf

Es war um acht und die Upper West Side von Manhattan wurde langsam ruhiger nach dem Dröhnen der Autos und dem lauten Hupen im schlimmsten Berufsverkehr. Männer und Frauen besuchten Restaurants, am Broadway ging der Vorhang hoch und Carrie kam nach der Arbeit nach Hause.

Sie war erschöpft von dem Brainstorming-Meeting für zwei neue New-Business-Pitches und sie arbeitete parallel an einer neuen Produktlinie von Country Lane Cosmetics. Sie hatte kaum Zeit zum Atmen gehabt und freute sich auf einen gemütlichen Abend in ihrem Heim, mit einem Glas Wein, einem Fertiggericht und einem guten Buch.

Carrie verschloss die Eingangstür hinter sich, als ihr Handy anfing zu klingeln. Sie stöhnte, sicher, dass es Dennis vom Büro war. Es schien immer noch ein allerletztes Detail zu geben, das er mit ihr besprechen musste, über dieses oder jenes Projekt. Aber die Nummer auf dem Display war nicht von Dennis. Sie kannte sie überhaupt nicht. Neugierig geworden hob sie dennoch ab.

„Carrie?"

„Am Apparat."

„Hier ist Grey Andrews."

„Oh, hi."

„Hast Paul sich schon bei dir gemeldet?"

„Nein, aber es ist ja erst einige Tage her, dass du ihm das Manuskript gegeben hast."

„Ich werde ihn anrufen. Er sollte dich nicht so lange warten lassen."

„Das ist nett von dir. Danke", sagte sie und machte sich daran, aufzulegen.

„Warte, warte!"

„Ist noch etwas?"

„Ich habe mich gefragt, ob du gerne noch einmal mit mir zu Abend essen und danach zum Ballett gehen würdest. Am Dienstagabend?"

Ein Date?

„Geschäftlich?"

„Nein, als Date."

„Oh ... das würde ich sehr gern. Woher weißt du, dass ich Ballett mag?"

„Ich glaube, du hast es bei unserem Abendessen letzte Woche erwähnt", sagte er.

Wow! Ein Mann, der tatsächlich zuhört.

„Du könntest mich von der Arbeit abholen, oder wir treffen uns direkt am Restaurant."

„Ich hole dich ab. Gib mir die Adresse und ich werde draußen im Wagen um sechs Uhr auf dich warten. Geht das in Ordnung für dich?"

„Ja, das passt für mich. Ich muss nach dem Ballett nochmal zurück ins Büro ..."

„Oh?" Sie konnte die Enttäuschung in seiner Stimme hören.

„Wir haben derzeit bei einem Projekt eine kritische Situation und ich muss sehr lange arbeiten. Ich bin gerade erst bei mir zur Tür herein, als du angerufen hast."

„Ich freue mich, dass du diese Zeit für mich erübrigen kannst."

„Ich auch. Wir sehen uns."

„Gute Nacht, Carrie. Süße Träume."

Carrie legte auf und ließ sich auf ihr Sofa fallen. Sie hätte nicht überraschter sein können, wenn sie in der Lotterie gewonnen hätte. *Also ist Grey Andrews doch nicht schwul, und er hat das Knistern zwischen uns genauso gespürt wie ich. Hat nicht einmal eine Woche nach unserem Date angerufen. Hmm. Das könnte interessant werden.*

Sie zog sich um, schlüpfte in ihr Bett und fiel in den Schlaf, während sie an Grey dachte.

„SIE GEHEN SCHON?", fragte Dennis.
„Ich habe ein Date."
„Aber es ist noch so viel zu tun ..."
„Nicht heute Abend. Ich gehe aus. Ich werde daran noch zu Hause weiterarbeiten, oder noch besser, ich komme nach dem Date noch einmal hierher zurück", sagte sie und legte Papiere in ihre Aktenmappe.
„Joe wird das nicht gefallen", warnte er.
„Pech. Ich habe auch ein Leben."
„Hattest ein Leben, Carrie, hattest."
„Sprich für dich selbst", sagte sie und ging an ihm vorbei zum Fahrstuhl.

Carrie trug ein aquamarinblaues Seidenkleid, tief ausgeschnitten und figurbetont. Es brachte das Blau ihrer Augen schön zur Geltung. Der Rock war bauschig aber weich und legte sich an ihre Hüften und Oberschenkel. Die Luft war kühl für einen Augustabend, daher hatte sie sich eine leichte Jacke über die Schultern geworden. Als sie auf die Straße trat, kam Grey aus einer schwarzen Limousine hervor und hielt ihr die Tür auf. Als er sie ansah, fühlte sie seinen Blick wie das Streicheln einer warmen Hand, die langsam ihren Körper herunterfuhr.

„Du siehst schön aus", sagte er, während sie auf ihn zukam.

Sie lächelte ihn an und blickte in seine Augen. Ihr gefiel das Begehren, das in ihnen aufleuchtete wie ein Funken, wenn er sie ansah. Er trug einen dunkelgrauen Businessanzug zusammen mit einem blauen Hemd und einer schwarzen Strickkrawatte. Grüne Sprenkel glitzerten in seinen Augen. Ein Schauer lief über ihren Arm, als er ihre Hand nahm und ihr half, einzusteigen. Er war etwa ein Meter fünfundachtzig groß und schob sich ins Auto auf den Platz neben sie. Ihre Schultern und Oberschenkel berührten sich. Carrie spürte ein

Kribbeln in sich aufsteigen. Grey gab dem Fahrer Anweisungen und nahm ihre Hand.

Sie hielten bei einem kleinen französischen Restaurant auf der Second Avenue, dem Sans Souci. Der winzige Gastraum war charmant, intim und romantisch eingerichtet, mit fünfzehn kleinen Tischen, Wänden in dunklem Türkis und roten Tischdecken, die bis auf den Boden reichten. Eines der Tischchen in einer Ecke war schon für zwei gedeckt worden, eine Kerze brannte und eine Flasche Wein wartete auf sie. Grey hielt den Stuhl für sie und setzte sich dann neben sie statt ihr gegenüber.

Der Maître d' kam zu ihnen und legte ihnen jeweils eine Serviette auf den Schoß, dann fragte er nach ihren Getränkewünschen.

Carrie schüttelte ihren Kopf. „Einfach nur Wasser, bitte."

„Sind Sie sicher?"

„Ich muss nach dem Ballett noch arbeiten, daher muss ich wach bleiben."

„Wein zum Abendessen?"

„Vielleicht ein halbes ... okay, ein Glas", sagte sie.

„Erzähl mir, was dich gerade so in Anspruch nimmt", fragte Grey und goss ihnen Wein ein.

Carrie verbrachte die nächsten zehn Minuten damit, ihm ausführlich von dem Stress zu erzählen, Country Lane Cosmetics bei ihrer Agentur zu halten und gleichzeitig die New Business Aufgaben zu stemmen. Er nahm, ohne etwas zu sagen, ihre Hand und hörte aufmerksam zu.

„Und was ist mit dir? Was machst du eigentlich genau, und wie bist du dazu gekommen?"

„Große Fragen ... die nicht in ein paar Sätzen beantwortet werden können. Lass uns erst etwas bestellen."

Carrie suchte sich das Coq au Vin aus, Hähnchen in Rotweinsoße, Grey nahm ein Steak au poivre. Dann begann er seine Geschichte.

„Ich habe zehn Jahre wie ein Hund gearbeitet, um so viel Geld anzuhäufen, wie ich konnte. Ich hatte Glück mit Immobilien und anderen Investitionen, sehr viel Glück. Jetzt bin ich ein Investor, ein Partner in einer kleinen Firma, die Kapital für ökologische Zukunftsbranchen bereitstellt ... wie E-Books zum Beispiel."

„Das ist bewundernswert. Arbeitest du auch ... in einem regulären Job?"

„Nicht mehr den ganzen Tag. Wir haben einige Angestellte und in jedem Quartal suchen wir eine Firma aus, in die wir investieren. Den Rest der Zeit recherchieren wir neue Start-Ups und organisieren Gespräche mit den Verantwortlichen. Wenn es uns mit einer Firma ernst ist, dann arbeiten wir lange und hart, viele Stunden, viele Meetings. Ich finde es aufregend, neue Firmen auf ihren ersten Schritten zu begleiten. Wir haben auch Zeiten, wo wenig los ist. Manchmal verbringe ich Tage mit nichts als Recherche ..."

„Ich kann mir nicht vorstellen, wie du hinter einem Computer oder Papierstapel sitzt und nicht mit Leuten redest."

„Ich bin ein geselliger Mensch, aber jedes Business hat auch seine unangenehmen Seiten. Erzähl mir mehr von dir."

„Zum Beispiel?"

„Kochst du?"

„Nur für mich? Selten."

„Und wenn du, naja, auch für jemanden anders kochen könntest?"

„Kommt drauf an. Vielleicht."

„Wie war es so bei dir zu Hause, als du noch ein Kind warst?"

„Meine Eltern waren erfolgreich. Uns hat es nie an etwas gemangelt, außer vielleicht daran, dass sie nicht so oft Zeit für uns hatten. Sie waren immer unterwegs, und wir mussten uns um uns selbst kümmern ... Hast du mal von ‚Schlüsselkindern' gehört?"

„Hast du Geschwister?"

„Einen Bruder. Du?"

„Einen Bruder, zwei Schwestern."

„Du bist der Älteste?"

„Nein, der Zweite. Ich habe eine ältere Schwester."

„Stehst du deiner Familie nah?", fragte sie.

„Sehr. Und du?"

„Nicht so besonders. Meine Eltern leben in Arizona, mein Bruder in Chicago."

„Habt ihr Feiertage gemeinsam verbracht, bestimmte Familientraditionen gehabt?"

„Wieso all diese Fragen? Das fühlt sich an wie ein Vorstellungsgespräch ..."

Er schaute auf die Decke des Tischs und errötete.

„Es klingt wie ein Vorstellungsgespräch für eine Ehefrau", redete sie weiter, während ihre intelligenten Augen sein Gesicht beobachteten.

„Wie stehst du zu einer eigenen Familie? Möchtest du eine? Kinder?", fuhr er fort.

„Kinder? Absolut. Ein häusliches Leben? Ich habe mir immer gewünscht, das zu erschaffen, was ich selbst nie hatte. Ich habe immer darauf gehofft, eines Tages ein Weihnachten wie auf den alten ‚Currier & Ives'-Drucken zu erleben ...", sagte sie eher wehmütig.

Er lächelte.

„Und du?", fragte sie und blickte ihn an.

„Ich will alles", sagte er einfach.

„Die ganze Nummer? Gartenzaun, zwei Komma drei Kinder, Doppelgarage..."

„Kinder, Weihnachten, ein Haus ... Alles ... Außer vielleicht den weißen Gartenzaun ... Mit der richtigen Frau", gab er zu.

„Also ... ist das hier tatsächlich ein Vorstellungsgespräch für eine Ehe?" Sie ließ nicht locker.

Er nippte an seinem Wein.

„Ich möchte dich einfach nur kennenlernen. Ich bin an allen meinen Dates interessiert", wich er der Frage aus.

Sie betrachtete ihn misstrauisch, als der Kellner mit ihrer Bestellung auftauchte.

„Bei allen deinen Dates? Bin ich eine von vielen ... hunderten ... tausenden?", zog sie ihn auf.

Er lachte. „Gerade jetzt bist du nur eine und einzige." Er stellte sein Glas ab und blickte in ihre Augen.

Gut. Lassen wir es so bleiben. Sie lächelte ihn an.

GREY BEOBACHTETE CARRIE dabei, wie sie sich enthusiastisch auf ihr Essen stürzte und war glücklich darüber, sie eingeladen zu haben. Sie hatte eine gute Mahlzeit offensichtlich nötig gehabt. Er sah ihr Gesicht an, während sie aß. Die Augen auf ihr Essen fokussiert, konnte er sie beobachten, ohne dass sie etwas davon bemerkte. Ihr ovales Gesicht hatte eine weiche, feine Haut, die Wangen bedeckt von einer sanften, kaum bemerkbaren Röte. Ihre Nase war gerade und ließ sie erwachsen wirken, nicht so wie eines dieser Babygesichter, wie sie von einem Schönheitschirurgen hergestellt werden. Ihr Kinn war stark und doch feminin. Das honigfarbene Haar mit hellblonden Strähnen legte sich ein wenig um ihr Gesicht und machte ihren Ausdruck weicher. Es war wie bezaubert von ihrer natürlichen Schönheit.

„Das schmeckt wunderbar", sagte sie mit halbvollem Mund.

Er lachte. „Nur die Ruhe, kein Grund, sich zu beeilen. Wie haben noch viel Zeit."

„Ich war am Verhungern. Möchtest du probieren? Es ist einfach unglaublich ...", bot sie ihm an.

Er nickte. Sie nahm ihr Messer auf, um ihm etwas abzuschneiden, aber er stoppte sie, indem er seine Hand auf ihre legte.

„So hier, von deinem Mund", sagte er, beugte sich zu ihr herüber und küsste sie vorsichtig auf die Lippen. Seine Zunge berührte sacht ihre Unterlippe, wanderte dann nach oben, kostete die Sauce, die dort geblieben war. Sanft lockten seine Lippen ihren Mund, sich zu öffnen, und seine Zunge drang spielerisch gerade weit genug in sie ein, dass er das Hähnchen schmecken konnte. Sie schloss ihre Augen.

Carrie bewegte sich nicht, wenn man von ihrer Brust absah, die sich durch ihren beschleunigten Atem schnell hob und senkte, als seine Zunge ein letztes Mal liebevoll über ihre Lippen leckte. Dann setzte er sich auf.

„Hmmm. Vorzüglich", sagte er und fühlte, wie sein Puls sich allmählich wieder normalisierte. Ein leichtes Kribbeln lag noch auf seinen Lippen, als er sich wieder anlehnte.

Als sie einfach nur dasaß und ihn anstarrte, breitete sich Röte erst auf ihrem Gesicht aus und wanderte bis zu ihrer Brust hinunter. Grey lächelte sie an und sah ihr direkt in die Augen, während sie ihre Unterlippe mit ihrer Zunge abtastete.

„Führ mich jetzt nicht in Versuchung", wisperte er, als er ihre Zunge beobachtete. Er zwang seine Aufmerksamkeit zu dem Pfeffersteak auf seinem Teller zurück, schnitt eine Scheibe ab und führte sie zu seinem Mund.

Grey versuchte, sich auf das Essen zu konzentrieren, aber seine Augen suchten immer wieder nach ihren, sein Blick driftete ihren Ausschnitt öfter hinunter, als er sogar sich selbst eingestanden hätte. Ihren Lippen dabei zuzusehen, wie sie genüsslich das Hähnchen verspeisten, brachte ihn auf lüsterne Gedanken. Er wollte sie unbedingt berühren. Grey war ein Single mit Erfahrung – eine attraktive Frau sollte ihn nicht so aus der Fassung bringen, dieses wundervolle Mahl zur Nebensache werden lassen, dem seine Geschmacksknospen auf dem Weg in seinen Magen keinerlei weitere Aufmerksamkeit widmeten. Sie waren noch ganz mit Carrie beschäftigt.

„Was?", fragte sie.

„Ich schaue einfach gerne eine schöne Frau an", murmelte er.

Sie könnte es sein. Die Eine. Allein die Idee machte ihn nervös vor Erwartung. *Jetzt keinen Fehler machen. Du warst auch vorher schon ganz nahe dran. Aber ich will, dass sie es ist.* Glücklicherweise machte sie auf seiner Liste schnelle Fortschritte. Ihr Interesse an einem dekorativen, aber auch gemütlichem Heim beeindruckte ihn. Aber könnte sie, würde sie das auch alles selbst hinbekommen? Vieles an Carrie war noch ein Geheimnis für ihn, aber er freute sich besonders darauf, mit ihr den letzten Punkt auf seiner Liste zu erkunden. Er dachte fast schon zwanghaft darüber nach, ob ihr sexueller Appetit wohl mit seinem kompatibel sein würde. Alle seine anderen Gedanken wurden durch diesen in den Hintergrund gedrängt, er konnte an nichts anderes mehr denken. Die Schwierigkeit lag darin, nicht schon im Restaurant mit der Erkundung anzufangen.

Als sie an dem letzten Stück ihres Hähnchens kaute, schaute sie ihn wieder an und legte dabei ihren Kopf zur Seite.

„Es ist nichts. Ist es denn ein Verbrechen, dich zu bewundern?"

„Es ist ein *kleines* bisschen mehr als nur Bewunderung, Grey. Ich fühle deine Augen, wie sie mir ein Loch in meinen ... meinen ..." Sie wurde rot.

Er musste sie einfach berühren.

„Ich werde artig sein", unterbrach er sie und strich eine Strähne aus ihrem Gesicht.

„Gut."

Spricht das nun gegen sie? Sie möchte nicht mit mir flirten oder es ein wenig mehr zur Sache kommen lassen? Wir sind in einem Restaurant. Vielleicht mag sie es privater, und wenn wir alleine sind, würde sie vielleicht ..."

„Mehr Wein, Monsieur?", fragte der Kellner.

Grey schüttelte seinen Kopf und ließ seine Augen nach oben schweifen, gerade rechtzeitig, dass er sie dabei ertappte, wie sie auf seine Lippen starrte. *Ach, es ist einfach noch zu früh, mir darüber Gedanken zu machen.*

Sie beendeten das Abendessen und kehrten zum Wagen zurück, welcher sie zu dem Ballett fahren würde. Sie hatten noch fünfundzwanzig Minuten, bis sich der Vorhang öffnete. Grey verlor allmählich die Geduld, seine Libido weiterhin nicht zum Zug kommen zu lassen. Er zog Carrie in seine Umarmung für einen stürmischen Kuss. Er begann ganz langsam, knabberte an ihrer unteren Lippe, während seine Hand auf ihrem Nacken ruhte. Sein Daumen konnte fühlen, wie ihr Puls sich beschleunigte. Er bewegte seine Zunge in ihren Mund, fordernd und zärtlich zugleich. Ihre Arme schlossen sich um seinen Nacken und brachten sie näher, als ihrem Mund auf einmal ein leises Stöhnen entwich. Diese Antwort fachte die Lust in ihm weiter an. Je mehr sie in seinen Armen dahinschmolz, desto mehr wollte er sie.

Der Kuss wurde inniger und intensiver, und seine Hand glitt nach oben zu ihren Brüsten. Er drückte sanft zu und sie seufzte, ein wenig zu laut. Dieser Laut brachte Grey auf den Boden der Tatsachen zurück. Er nahm die Hand weg und setzte sich zurück. Der Chauffeur schaute in den Rückspiegel, rot vor Verlegenheit.

„Es tut mir leid, ich hätte nicht ... das ... nicht tun dürfen", hauchte er und fragte sich, ob sie gemerkt hatte, dass er hart wurde.

Sie nickte und versuchte, wieder zu Atem zu kommen. Dabei fiel ihr Blick auf ihre Hände. Er lehnte sich zu ihr herüber und flüsterte ihr zu: „Ich finde dich so anziehend ... Ich konnte einfach nicht widerstehen."

Sie reichte nach oben und berührte sein Gesicht. Ihr Blick suchte nach seinem. Er sah Unglauben darin und wollte sie beruhigen.

„Das ist nicht einfach nur ein Spruch, um dich ins Bett zu kriegen. Wir könnten heute ohnehin nicht, selbst wenn du wolltest ... Ich weiß, dass du nachher noch ins Büro musst, nach dem Ballett. Ich versuche nicht, dich so herumzukriegen. Ich finde dich ... wundervoll. Ist das schlecht?", fragte er.

Sie zog ihn an sich für einen Kuss, den er schnell vertiefte. Sie schmeckte so gut und roch frisch und süß, wie Flieder. Er riss seinen Mund von ihr los und begann, an ihrem Hals zu knabbern. Sie schloss ihre Augen und stöhnte leise, als seine Lippen erst nach unten und dann wieder an ihrem Nacken nach oben wanderten und dabei ihre Haut mit weichen Küssen bedeckten. Bevor er sich wieder ihrem Mund zuwenden konnte, hielt der Wagen an ihrem Ziel.

„Wir sind angekommen, Sir", kündigte der Fahrer laut ihre Ankunft an, nachdem er sich geräuspert hatte.

Grey schaute auf und war beinahe enttäuscht, dass sie schon beim Theater angekommen waren. Er setzte sich wieder gerade hin, richtete seine Krawatte, während Carrie versuchte, ihren Rock glattzustreichen und ihren Lippenstift zu erneuern. Der Fahrer lief um das Auto herum und öffnete ihr die Tür.

„Taschentuch", forderte sie und hielt Grey ihre Hand hin.

Grey zog sein Taschentuch heraus und reichte es ihr. Vorsichtig und sanft wischte sie den Lippenstift von seinem Mund und Händen, dann reichte sie ihm das weiße Stück Stoff zurück. Er lächelte sie an.

Er manövrierte Carrie beim Aussteigen vor sich, um seine Erektion vor ihr zu verbergen. Er hoffte, dass sie bald verschwinden würde. Seine starke Reaktion verwirrte ihn. Er kannte Carrie noch nicht lange, und obwohl sie schön und begehrenswert war, reagierte sein Körper stärker als sonst auf eine derartige Situation. Es traf ihn völlig unvorbereitet.

Als sie den Wagen verließen, positionierte er sich so, dass sie seinen Unterleib vor den Blicken anderer abschirmte. Er entspannte sich, als sie auf die Tür zugingen, und suchte in seiner Brusttasche nach ihren Tickets.

„Ich liebe das Ballett. Das wird mich auf andere Gedanken als die Arbeit bringen", sagte sie und drückte begeistert seinen Arm.

Meine Gedanken auf der anderen Seite werden nur bei dir sein, wenn du neben mir sitzt, wenn ich dich berühren möchte, und doch gezwungen bin, still zu sitzen, und meine Hände brav bei mir zu behalten.

CARRIE LIESS IHRE HAND in Greys gleiten und lächelte zu ihm hoch, als sie die Lobby des Lincoln Center Theaters betraten. Ihr

Gesicht war noch warm von ihrer leidenschaftlichen Begegnung im Wagen; tatsächlich prickelte ihr ganzer Körper. Sie fühlte sich lebendig wie lange nicht mehr. Seine Berührungen, seine Lippen waren Magie. Seine Hand auf ihrer Brust hatte ihr das Gefühl gegeben, beinahe ohnmächtig zu werden, als das Feuer ihrer Lust sie verzehrte. Hätte ihr Ziel zwanzig Meilen außerhalb der Stadt gelegen, sie wusste, sie hätte der Lust nachgegeben, auf dem Rücksitz eines Wagens, mit einem fremden Mann am Steuer. *Das wäre so entsetzlich peinlich gewesen. Wo ist nur meine Selbstkontrolle abgeblieben?*

Sie erhaschte einen heimlichen Seitenblick auf ihn, und war stolz darauf, mit einem so attraktiven Mann auszugehen. Sein sandfarbenes Haar fiel ein wenig über seine Stirn, was seinem Gesicht einen etwas jungenhaften Ausdruck verlieh, obwohl es eigentlich sonst sehr reif wirkte. Trotzdem, er war umwerfend, lässig, intelligent und einfach nur sexy. Sie genoss jede Minute mit ihm.

Sie ließen sich auf ihren Plätzen nieder und er half ihr dabei, ihren Mantel um ihre Schultern zu legen. Dabei berührte er ihre nackte Haut und sandte sprühende Funken ihren Rücken hinunter. Das Licht wurde gedämmt und er nahm ihre Hand und verschränkte ihre Finger, als sie sich zurücklehnten, um das Schauspiel zu genießen.

Carrie empfand es doch nicht als so entspannend, wie sie gedacht hatte. Sie konnte sich einfach nicht bequem hinsetzen, vielleicht, weil Grey hin und wieder ihre Handfläche mit seinem Daumen streichelte und sie damit in einer permanenten leichten Erregung hielt. Sie rutschte wieder einmal auf ihrem Sitz herum und erntete von weiter hinten ein genervtes Schnalzen. Endlich lächelte sie Grey an und stand auf, unfähig, weiterhin still zu sitzen. Draußen in der Lobby presste sie ihre heiße Stirn gegen die kühle Fensterscheibe und rang um Fassung.

„Bist du unruhig?", fragte eine Stimme hinter ihr.

Sie drehte ihren Kopf und sah, dass Grey direkt hinter ihr stand. Sie fühlte seine Hände auf ihren Hüften.

Sie nickte.

Er lehnte sich zu ihr und pflanzte einen leichten Kuss auf ihren Hals. Als sie sich komplett zu ihm herumdrehte, zog er sie ganz an sich für einen Kuss auf ihre Lippen, der jedoch schnell leidenschaftlicher wurde. Zögernd drückte sie ihn von sich.

„Du hilfst nicht gerade."

„Wer sagt, dass ich helfen wollte?"

Sie lachte und hob ihre Hand zum Mund, da sie die anderen Zuschauer im Theater nicht stören wollte. Er nahm ihre andere Hand und führte sie zur Garderobe, wo sie eine Nische mit einem öffentlichen Telefon fanden. Dort drückte er sie gegen die Wand, seinen Körper hart auf ihrem, als sein Mund nach ihr suchte. Sie fiel ihm in die Arme und wurde weich. Der Kuss war feurig. Sie stöhnte lautlos und flüsterte in sein Ohr: „Fass mich an."

Er tat sofort, wonach sie verlangt hatte. Seine Finger schlossen sich um ihre Brust, während seine andere Hand zu ihrem Hintern hinunterglitt und spielerisch zudrückte. Dann hob er sie zu sich hoch. Sie rieb ihre Hüften an ihm und fühlte seine Erektion, worauf sie aufkeuchte. Er begann ihre Brust zu kneten, suchte nach ihrer Brustwarze, die er sanft kniff. Sie waren so ineinander vertieft, dass sie nicht einmal den Applaus hörten, als das Ballett in eine Pause überging. Sogar das Geräusch herannahender Schritte konnte sie nicht bremsen. Carrie schaffte es, ihren Mund von ihm loszureißen, als sie das Tappen eines Fußes auf dem Boden hörte. Sie riskierte einen Blick über Greys Schulter und sah einen Mann, der vor der Nische stand und sie stirnrunzelnd anblickte.

„Nehmt euch ein Zimmer. Ihr seid hier im Theater, verdammt nochmal", murmelte er, als er davonging.

Carrie vergrub ihr erhitztes Gesicht an Greys Schulter und löste ihre Hüften von seinem Körper. Er legte eine Hand auf ihr Haar, strich darüber und küsste ihre Wange.

„Sorry, aber ...", flüsterte er in ihr Ohr.

„... dafür braucht es zwei", sagte sie.

Er lächelte und trat einen Schritt von ihr zurück, wartete eine oder zwei Minuten, bevor er ihre Hand nahm und in die Menschenmenge trat, die in der Pause in die Lobby geströmt war. Carrie ging zurück zu ihrem Sitzplatz und nahm ihren Mantel an sich.

„Ich kann mich nicht auf diese ... diese Aufführung ... konzentrieren, wenn du hier bei mir bist", wisperte sie ihm zu.

Grey sah, dass einige der Umstehenden sie anstarrten und wusste, dass der Mann, der sie zusammen erwischt hatte, inzwischen über sie reden würde. Also begleitete er Carrie mit einem amüsierten Grinsen aus dem Zuschauerraum. Als sie in der Lobby waren, holte er sein Handy aus der Tasche und rief den Wagen.

Einige weitere Leute glotzten ihnen nach, als sie den Flur hinunterliefen, und Grey spürte, wie er rot wurde. Carrie fing an zu kichern, als sie hörte, wie sie miteinander flüsterten, weil ihr plötzlicher Abgang einiges an Aufruhr verursachte. Als sie endlich die Eingangstür erreicht hatten, konnte sie nicht mehr an sich halten vor Lachen, und ihm erging es nicht anders. Der Chauffeur öffnete ihnen die Autotür. Sie lachten auf dem ganzen Weg in ihr Büro.

Als der Wagen an ihrem Ziel anhielt, wischten sie sich die Tränen aus ihren Augen.

„Wenigstens waren wir noch angezogen", sagte sie.

Ihr Kommentar führte zu einem erneuten Anfall von Gelächter. Als sie sich endlich wieder beruhigt hatten, sammelte Carrie ihren Mantel, die Handtasche und ihr Portemonnaie ein und wandte sich noch einmal an Grey.

„Das war ein wunderbarer Abend, Grey. Vielen Dank."

„Selbst, nachdem wir praktisch aus dem Theater geworfen wurden?", witzelte er.

„Das Abendessen war fantastisch und das Ballett war ... anregend?", sagte sie und kicherte wieder.

Er umarmte und küsste sie.

„Gute Nacht, Carrie. Überanstreng dich nicht", sagte er und strich mit seiner Hand über ihr Haar. Grey blieb im Wagen sitzen und blickte ihr hinterher, als sie das Gebäude betrat. Der Wagen fuhr an, als sie sicher angekommen war.

Kapitel Sechs

Carrie machte sich keine Sorgen, dass sie nichts mehr von Grey hören würde. Jemand, der sie so auf Händen trug wie er, würde ein Nachspiel wollen ... und mehr. Sie konzentrierte sich auf ihre Arbeit, auch wenn sie eine halbe Stunde brauchte, um von dem High des besten Dates herunterzukommen, das sie seit Jahren gehabt hatte.

Um zwei Uhr morgens machte sie Schluss und rief sich ein Taxi. Um drei war sie im Bett und stand um acht wieder auf, und schaffte es irgendwie, sich wieder ins Büro zu schleppen. Dennis war schon da und sehr zufrieden mit ihrer Arbeit. Er hatte noch mehr für sie zu tun. Sie plante, Mittwoch und Donnerstag bis in die Nacht zu bleiben. Am Mittwochmorgen kam der Anruf. Gestresst, gehetzt und gedanklich ganz woanders, nahm Carrie den Anruf mit einer angespannten Stimme entgegen.

„Hallo!"

„Das ist nicht die sanfte Stimme, die mir letzte Nacht ins Ohr geschnurrt hat."

„Grey?" Sie lächelte und stellte sich vor, wie er mit verschmitztem Blick über beide Ohren grinste, als er diese Worte sagte.

„Ich kann nicht aufhören, an dich zu denken, und das bringt meinen ganzen Arbeitstag durcheinander, Süße. Kann ich dich zu einem Spiel der Yankees einladen, diesen Samstag ... mit Plätzen bei der First Base?"

„Samstag?", fragte sie und zog ihren Kalender zu sich heran.

„Bitte sag ‚ja', damit ich wieder arbeiten kann. Ich verliere jede Sekunde Geld!"

„Ich muss arbeiten. Aber ein paar Stunden kann ich schon mal verschwinden", sagte sie und hielt das Telefon sehr nah an ihr Ohr, damit niemand mithören konnte.

„Das Spiel startet um zwei. Ich werde einen Wagen schicken, der dich halb drei abholen kommt. Ich werde draußen warten, wenn du beim Stadion ankommst."

„Super! Das neue Yankee-Stadion?" Carrie sank in ihren Schreibtischstuhl.

„Kein anderes."

„Ich liebe Baseball ... Aber ich schätze, daran erinnerst du dich von unserem Gespräch gestern."

„Ich kann gut zuhören."

„Das ist selten bei einem Mann", sagte sie und legte ihre Füße auf den Papierkorb.

„Ich habe auch ein exzellentes Gedächtnis. Ich weiß einige andere Dinge über dich ... Dinge, deren Kenntnis ich gerne vertiefen würde."

Carrie errötete bei dem veränderten Ton seiner Stimme.

„Wir sehen uns Samstag, Grey", sagte sie und legte auf, als er mit seinem vergnügten Lachen fertig war.

Carrie lehnte sich für einen Augenblick zurück und genoss den Gedanken, Grey bald wieder zu sehen. Dennis ließ ihren Ballon der Romantik platzen, als er seinen voluminösen Körper in ihren Türrahmen schob und sich räusperte.

„Was ist mit diesem Samstag? Da arbeiten wir."

„Ich komme früher, gehe halb drei und komme um acht zurück, wenn es nötig ist. Ich werde ein Spiel im neuen Yankee-Stadion sehen."

„Gute Plätze?"

„Bei der First Base."

„Ich schätze, solange du nochmal herkommst, ist es okay. Wünschte mir, ich könnte mitkommen."

Carrie lächelte und schwieg. Sie würde Dennis nicht erzählen, wie froh sie war, dass er nicht da sein würde.

An diesem Abend kletterte Carrie in ihr Bett, um noch ein paar Minuten zu lesen, als ihr Telefon klingelte.

„Ich störe doch nicht gerade bei etwas … oder?"

„Delia! Natürlich nicht. Ich habe die Tage immer so lange gearbeitet, keine Chance da bei irgendwas zu stören", kicherte Carrie und legte das Buch mit dem Rücken nach oben geöffnet auf ihren Bauch.

„Das ist nicht gut, Carrie. Du brauchst einen Mann in deinem Leben. Du solltest ans Heiraten denken", sagte Delia.

Carrie kuschelte sich tiefer in ihr Bett.

„Im Moment denke ich nur daran, wie ich meinen Job behalten kann."

„Oh, richtig, richtig, das habe ich ganz vergessen. Wann lerne ich denn diesen Mann von dir kennen?"

„Er ist nicht mein Mann und ich habe ihn erst ein paar Mal getroffen. Er hat mich zu einem Baseballspiel und Abendessen am Samstag eingeladen", sagte Carrie mit sanfter Stimme.

„Wie gemütlich! Wirst du ihn auch nach oben zum Kaffee einladen?"

„Tante Delia, Onkel Jackson wäre entsetzt über deine Fragen."

„Und, wirst du?"

„Ich muss danach gleich wieder zur Arbeit."

„Vielleicht ist das gar nicht so schlecht. Mit diesem ganzen Hinauszögern werden zwischen euch, wenn es endlich mal klappt, echte Feuerwerke explodieren! Schlaf gut, mein Engel."

Delia legte auf und Carrie legte ihr Buch beiseite. Sie löschte das Licht, lag in ihrem Bett und dachte darüber nach, wann sie wohl endlich ein bisschen Zeit ganz allein mit Grey für sich hätte. Sie dachte nicht lange nach. Innerhalb von zehn Minuten war sie eingeschlafen.

DIE ZEIT VERGING WIE im Flug und der Samstag war schnell gekommen. Es war ein wunderschöner, angenehm sonniger Tag im

September. Carrie trug hellblaue Bootcut-Jeans zusammen mit einem himbeerroten Langarmshirt mit Rundhalsausschnitt. Die Kombination brachte ihre sportliche Figur perfekt zur Geltung. Blaue Tennisschuhe, ein wenig Alltagsschmuck und eine Jeansjacke, die sie vor der kühlen Abendluft schützen sollte, rundeten ihr Outfit ab.

Um acht machte sie sich auf in ihr Büro und konnte nicht aufhören zu lächeln. Als sie ankam, wurde sie von den anderen Mitgliedern ihres Teams mit grummeligen ‚Hallo's begrüßt. Sie versteckten sich hinter riesigen Starbucks-Bechern, während Carrie jedem einen ‚Guten Morgen' vorsang und strahlte.

Sie fingen schnell an, zu arbeiten, und Carrie widmete sich konzentriert ihren Aufgaben, bis es Viertel nach zwei war. Grey war ein Pendant, was Pünktlichkeit anging. Sie wusste, der Wagen würde in exakt fünfzehn Minuten vor der Tür stehen.

Auf der Toilette erneuerte sie ihr Make-up: sie legte Rouge auf und zog ihren Lippenstift nach. Außerdem fügte sie Mascara hinzu und ein wenig Eyeliner. Ein Tupfer mit ihrem Lieblingsparfüm, das nach Flieder roch und einfach *ihr* Duft war, und sie war fertig.

„Ich hoffe, die Yanks gewinnen", sagte Dennis, als sie zum Fahrstuhl ging.

Die Fahrt zum Yankee-Stadion war schnell vorbei, denn am Samstag war nur wenig auf den Straßen los. Carrie lehnte sich zurück und betrachtete die Boote auf dem Hudson River, als der Wagen den West Side Highway entlang zur Bronx flog. Die Sonnenstrahlen, die auf das Wasser trafen, wurden von den Bäumen und Blumen des Riverside Park reflektiert. Ein Glücksgefühl erfasste sie, als sie sich noch tiefer in den weichen Sitz sinken ließ.

Der Fahrer tätigte einen kurzen Anruf, als sie vom Highway abfuhren, und als sie das Stadion erreichten, wartete Grey bereits draußen auf sie. Er hob sie mit seinen starken Armen schwungvoll hoch und umarmte sie stürmisch und küsste sie, bevor er sie ins Stadion führte. Sie schaute sich um und konnte sich nicht entscheiden, ob der Neubau eher wie ein Bürogebäude oder eine moderne Haftanstalt wirkte. Sie nickte sich selbst unmerklich zu, als ihr der Gedanke an ein imposantes Bankgebäude kam.

Carrie war fast geblendet von dem hellen Grün des Rasens, als sie dem großen, schlanken Mann den ganzen Weg bis fast in die erste Reihe folgte, mittig zwischen der Home Plate und der First Base gelegen.

Als sie sich gerade gesetzt hatten, landete Alex Rodriguez einen Volltreffer. Der Applaus war ohrenbetäubend und Grey nutzte die Gelegenheit, wieder seine Arme um sie zu schließen. Sie sprangen, schrien und lachten gemeinsam.

Schließlich beruhigten sie sich wieder und Grey bot ihr etwas zu Essen an.

„Im neuen Stadion gibt es eine Riesenauswahl neuer Gerichte. Du kannst die traditionellen Hot Dogs wählen, Bier, Limo oder etwas Exklusiveres. Sie haben Sachen vom Grill, Dunkin' Donuts, sogar Salate. Was ist dein bevorzugtes Gift?"

„Es ist immer noch ein Baseballplatz ... Also Hot Dogs mit Limo."

„Turkey Hill Eiscreme?"

„Auf jeden Fall!"

„Ich kenne sie von meiner Kindheit her, im Norden. Woher kennst du Turkey Hill?"

„Ich reise", sagte sie, peinlich berührt.

„Ein anderer Mann hat es mal mit dir gegessen, nicht wahr?" Seine Augen verengten sich.

„Kann schon sein ... Schau, Jeter macht sich auf zum Schlagen."

Grey nahm den Hinweis auf und beendete sein Verhör über ihre Vergangenheit. Er drängte ihr die gewünschten Hot Dogs, Limo und Eiscreme regelrecht auf. Er selbst trank Bier. Grey war ebenfalls von der Arbeit hergekommen. Er hatte sich neben sie gesetzt, mit einer Baseballkappe, die er nach hinten geschoben hatte, grauen bequemen Hosen und einem gestreiften langärmligen blauen Hemd, dessen Ärmel bis zu den Ellbogen hochgerollt waren. Seine Krawatte hatte er gelockert. Sie hing einige Zentimeter unter seinem Kragen. Mehrere Knöpfe seines Hemds waren geöffnet und erlaubten ihr einen Blick auf die Haare auf seiner Brust. Carrie wollte hineingreifen und ihre Handfläche auf seine nackte Haut legen. Sie fühlte, wie ihr Puls sich augenblicklich beschleunigte.

Er erklärte ihr die Eigenheiten des brandneuen Stadions, wobei er ihr sehr nahe kam. Ihre Augen folgten der Richtung, die sein Arm und seine Finger ihr zeigten, aber sie konnte sich nicht konzentrieren, wenn sie ihn so nahe bei sich spürte. Sein Duft lockte sie und sie konnte die männliche Wärme seiner Brust fühlen, die direkt neben ihrer war. Als er sich zurücklehnte, starrte sie ihn an. Die lässige Kappe, die Ärmel des Hemds, die seine kräftigen Unterarme offenlegten, die von einem leichten sandfarbenen Flaum bedeckt waren. Sein breiter Oberkörper spannte das Hemd ein wenig. Sie vermutete, dass ihm keine Größe perfekt passte, sondern er sich zwischen zwei Kleidergrößen befand. Sein ansehnliches Gesicht glänzte ein wenig von Schweiß in der Sonne. Carrie fühlte, wie ihr Herzschlag sich wieder beschleunigte und sich Hitze in ihren Adern ausbreitete, wenn sie ihn nur anschaute, doch sie konnte ihren Blick nicht von ihm abwenden. Sie wollte ihn.

„Schau, er wird die Third Base stehlen ... Es ist ein ‚Hit and Run'-Spiel", sagte Grey und zeigte auf einen Spieler, der sich gerade bei der Second Base aufstellte.

Gerade, als Grey diese Worte ausgesprochen hatte, rannte der Spieler los und der Schlagmann schlug den Ball ins Center Field und erreichte die First Base. Der laufende Spieler punktete mit einem Run, und die Menge spielte verrückt. Grey sprang mit den anderen hoch, schrie und hob die Hände über seinen Kopf. Er zog Carrie von ihrem Platz und schloss sie in seine Arme. Sie ließ ihre Hände über seine Brust gleiten, als ihre Augen sich trafen. Er schaute an ihr hinab und senkte seine Lippen auf ihre. Sie legte ihre Arme um ihn und zog ihn an sich. Grey vertiefte den Kuss, aber bald setzten sich die anderen Zuschauer wieder. Die Fans begannen, dem küssenden Paar Anzüglichkeiten zuzurufen. Jemand pfiff, und es fielen bald zwei oder drei andere ein, die ebenfalls pfiffen und klatschten.

Die Fans um sie herum lachten, und Carrie was das alles furchtbar peinlich. Sie ließen sich wieder in ihre Stühle fallen und begnügten sich damit, Händchen zu halten, bis das Spiel vorüber war. Etwa halb sechs gingen sie wieder auf den Parkplatz hinaus zu Greys silbernem Jaguar XK.

„Zum Abendessen gehen wir, wenn wir schon mal in der Nähe sind, zur Arthur Avenue. Wäre das okay für dich?"

„Was ist die Arthur Avenue?", fragte sie und wandte sich ihm zu.

„Du bist in New York aufgewachsen und weißt nicht, dass das wahre ‚Little Italy' sich auf der Arthur Avenue in der Bronx befindet? Das beste italienische Essen außerhalb von Italien, und die Bäckereien ... Wow!" Er fuhr an und sie wanden sich durch Nebenstraßen, die mit spielenden Kindern gefüllt waren, mit Menschen, die in Hauseingängen zusammensaßen und Karten spielten, mit Ghettoblastern, die Songs in anderen Sprachen spielten. Sie fuhren an Block um Block von Sandsteinhäusern vorbei, manche farbenfreudig, andere mit roten Ziegeln gebaut, der Rest im traditionellen Braun gehalten.

Grey fand einen Parkplatz vor dem Firenze, einem kleinen italienischen Restaurant. Er öffnete die Tür für Carrie und begleitete sie hinein.

Es waren etwa ein Dutzend Tische in das winzige Restaurant gequetscht worden. Die Wände waren in einem dunklen Grün gehalten, und auf jedem Tisch stand eine Chianti-Flasche mit einer brennenden Kerze, die hineingesteckt worden war. Sie waren früh dran und der Raum war beinahe leer. Carrie bestellte Ravioli und Grey nahm das Hähnchen Parmigiana mit Spaghetti.

„Wie ging es heute bei dir voran?", fragte Grey, als er ein Stück seines Hähnchens abschnitt.

„Wir arbeiten an drei neuen Werbeansätzen für diesen einen Kunden. Manchmal komme ich durcheinander, weil ich an zu vielen Dingen gleichzeitig arbeite. Du warst heute auch auf Arbeit, oder?"

Die Ravioli schienen in Carries Mund zu schmelzen; sie hatte noch nie so leckere Pasta gegessen.

„Susan und Max stellen mir gerne ihre Rechercheergebnisse vor, bevor sie damit zu John gehen. John war mein Boss. Als er sich zur Ruhe gesetzt hat, haben wir beschlossen, dieses Business zu starten, und er hat mich mitgebracht. Natürlich musste ich genauso viel Geld in die Firma stecken, aber das war kein Problem."

„Wie hast du dieses ganze Geld verdient?", platzte es aus Carrie heraus. Dann errötete sie wegen der Direktheit ihrer Frage.

Grey schaute sie an und lachte.

„Es tut mir so leid. Das war sehr unhöflich von mir. Bitte, vergiss, dass ich gefragt habe."

„Das ist okay. Ich habe am Anfang Reihenhäuser gekauft."

„Reihenhäuser?"

„Um Geld zu sparen, habe ich meine Dates auf viele interessante Spaziergänge ausgeführt. Wir sind nach Harlem und zurück gelaufen. Ich habe bemerkt, dass sich die Gentrifizierung nördlich auszubreiten beginnt, also habe ich einige Häuser gekauft, sie renoviert, und mit gutem Profit wieder veräußert." Grey nahm einen Schluck Rotwein.

„Das ist ziemlich schlau", sagte Carrie und zerteilte eine weitere Ravioli mit ihrer Gabel.

„Stimmt wohl. Ich habe auch eins für mich gekauft und es behalten."

„Du lebst in einem Reihenhaus in der Stadt?", fragte sie mit weiten Augen.

„Ja, stadtaufwärts. Es ist nicht groß, aber groß genug für mich ... und für ... die Zukunft", sagte er und hustete. „Ich habe auf diese Weise eine Menge Geld gemacht und habe es dann in genau recherchierte Firmen investiert ... Firmen, die ich für meine Kunden beobachtet habe. Ich habe jedes Jahr etwa zwanzig Prozent Gewinn gemacht."

„Eines Tages, wenn ich Creative Director geworden bin, wirst du dann mein Geld für mich investieren?"

Er kicherte. „Wie wär's damit, dass ich dir zeige, wie man intelligent investiert, und dann kannst du es selbst machen?"

„Die Idee gefällt mir", sagte sie und lächelte, als sie ihren Mund mit einer Serviette abwischte.

Grey drehte sein Handgelenk um, damit er auf seine neue iPod-Watch schauen konnte.

„Es ist schon fast Geisterstunde. Das Dessert mit Gebäck müssen wir wohl leider auf ein nächstes Mal verschieben."

Für unser nächstes Treffen habe ich eine ganz andere Art von Dessert im Kopf. Sie sog das Bild seines Oberkörpers gierig in sich ein, und fragte sich, wie er wohl unter seiner Business-Fassade aussehen mochte, dann nickte sie ihm zu und lächelte ihn an.

Grey fuhr sie zurück zu ihrem Büro, welches sie fünfzehn Minuten vor der vereinbarten Zeit erreichten. Sie saßen noch im Auto und knutschten wie Teenager miteinander, bis sie endlich hineingehen musste.

„Ich hatte einen wunderschönen Tag heute."

„Es hilft, wenn die Yankees gewinnen", sagte er und spielte dabei mit den Autoschlüsseln.

„Oh, sie haben gewonnen? Das habe ich gar nicht bemerkt", zog sie ihn auf.

„W?"

„Ich mache nur Spaß. Mein wundervoller Tag hatte nur mit dir zu tun, Dummerchen", erklärte Carrie und öffnete die Autotür.

„Ich rufe dich morgen an", sagte er, als sie die Tür hinter sich schloss.

„Gute Nacht."

„Gute Nacht, Süße", sagte er und hob zum Abschied die Hand.

Grey fuhr mit einem Röhren seines Sportwagens los.

Kapitel Sieben

Am Sonntag schlief Carrie aus und erholte sich von ihrer Sechs-Tage-Woche. Um elf klingelte ihr Telefon.

„Guten Morgen", kam die sanfte, tiefe Stimme von Grey Andrews aus dem Hörer.

„Dir auch einen guten Morgen", antwortete Carries verschlafene Stimme.

„Dinner am Samstag?"

„Klingt wunderbar." Sie streckte ihren Arm über ihren Kopf.

„Gut. Ruh dich aus. Ich erwarte, dass du bis zum Dessert wach bleiben kannst."

„Vielleicht sollten wir gleich mit dem Dessert anfangen", neckte sie ihn.

„Das musst du mir nicht zweimal sagen", kicherte er.

„Hmm", murmelte sie, schloss ihre Augen und stellte sich ihn nackt vor.

„Wir sehen uns Samstag", sagt er und legte auf.

SIE ARBEITETE JEDEN Abend bis halb zehn. Am Donnerstag war Carrie urlaubsreif.

„Ich gehe morgen eher", sagte sie zu Dennis.

„Eher? Wer hat das gesagt?"

„Ich. Weil ich erschöpft bin, Dennis. Nur ein Nachmittag, komm schon."

„Okay, okay. Du kannst morgen ums eins gehen, aber dann musst du samstags hier sein."

„Samstag, schon wieder? Das kann ich nicht. Ich habe ein Date. Aber ich werde am Sonntag ein paar Stunden zu Hause arbeiten.

„Dieses verdammte New Business. Wenn du nur an der Country-Lane-Sache arbeiten würdest ... Aber so ist es ja nicht. Deine Arbeit ist immer noch hervorragend, Carrie. Okay, wir haben einen Deal. Aber du kannst es dir nicht leisten, jetzt auch noch krank zu werden."

Carrie ging aus seinem Büro und den Flur hinunter, wo sie auf Rosie traf.

„Wie geht's dir?", fragte Rosie mit besorgtem Gesicht.

„Ich bin fertig."

„Du siehst auch so aus. Ich habe dich schon seit Wochen nicht mehr gesehen. Gibt's die Möglichkeit, dass du ein paar Minuten für ein gemeinsames Mittagessen erübrigen kannst?"

„Mittagessen? Ich gehe morgen eher, da käme eine Mittagspause heute nicht so gut an. Aber essen muss ich schon."

„Ich habe ein Sandwich mitgebracht. Versteck dich in meinem Büro und wir essen zusammen", bot Rosie ihr an.

Carrie ging darauf ein, kehrte in ihr Büro zurück und rief auf ihrem Computer Country Lane Projekt Nummer 112 auf.

FREITAGS UM EINS SAMMELTE sie Papiere in ihre Aktentasche, um am Sonntag von zu Hause aus arbeiten zu können. Ein Blatt fiel aus ihrem Planer auf den Boden, direkt vor ihre Füße. Sie hob es auf. Darauf stand: „Mom's Beef Bourguignon Kurzrezept"

Sie steckte das Rezept in ihre Jackentasche und ging hinaus. Es war bewölkt und es kündigte sich Regen an; ein kalter Spätseptembertag in New York. Sie zog ihren Regenmantel enger um sich und lief zur U-Bahn-Station.

Der Wind peitschte die West 78th Street herunter und blies Carrie ihre Haare ins Gesicht, als sie das Sandsteinhaus erreichte, in welchem sich ihr Apartment befand. Schwer mit Einkäufen beladen schaffte sie es kaum die drei Stockwerke zu ihrer Wohnung nach oben. Sie ließ alles fallen, sobald sie ihre Tür hinter sich zugezogen hatte und rannte zu den Fenstern, um sie zu schließen und die Kälte nach draußen zu verbannen. Sie legte Musik auf, räumte ihre Einkäufe ein und zog das Blatt mit dem Rezept wieder aus ihrer Tasche.

„Okay, Mom, versuchen wir's", sagte sie zu sich selbst, als ihr Lieblingssong von Michael Buble, ‚Haven't Met You Yet', anfing zu spielen.

Der vorgeheizte Ofen wärmte das ganze Apartment. Carrie zog sich bequemere Sachen an und fing an zu kochen, zu singen und zu der Musik zu tanzen. Kochen hatte ihr immer Spaß gemacht, vor allem zusammen mit ihrer Mutter, bevor ihre Familie auseinanderbrach durch die Gier nach Geld und dem ständigen Arbeiten.

Ihre Mutter und ihr Vater hatten zusammen eine Catering-Firma aufgebaut, als sie beide arbeitslos und Carrie erst zehn Jahre alt war. Die Firma war erfolgreich gewesen, weil ihre Eltern Tag und Nacht dafür geschwitzt hatten. Carrie war vor allem von ihrer Großmutter großgezogen worden, da ihre Eltern immer kochten, Events organisierten und ihre Dienste anboten, vor allem während der Feiertage. Je erfolgreicher sie waren, desto ehrgeiziger wurden sie, denn sie hatten Angst, all das zu verlieren, was sie sich erarbeitet hatten. Zuerst hatte Carrie sie schrecklich vermisst, aber sie hatte sich bald daran gewöhnt, immer alleine zu sein. Sie hatte jedoch immer Probleme damit gehabt, auch an den Feiertagen niemanden um sich zu haben. Diese Tage waren immer noch schwierig für sie zu bewältigen.

Ihr Zwei-Zimmer-Apartment mit Schlafzimmer und Wohnzimmer hatte ebenda einen kleinen Kamin. Die winzige Küche, eingepfercht zwischen den anderen Räumen, war gut ausgestattet. Sie legte das

Fleisch aus, hackte die Pilze, briet den Speck und öffnete den Wein. Sie goss sich ein großzügig bemessenes Glas ein.

Um fünf legte sie das Gericht in den Ofen und setzte sich mit ihrem Glas Wein, um ihre Füße hochzulegen. Sie fühlte sich schon besser. Dann wurde ihr klar, dass Grey damit rechnete, sie am Samstag zum Essen auszuführen, aber sie hatte gekocht. Sie nahm ihr Telefon zur Hand.

„Hi!", sagte sie, als er dran war, bevor sie einen weiteren Schluck Wein trinken konnte.

„Carrie? Samstag ... Du versetzt mich doch nicht, oder?" Sein Ton war fragend und eindringlich zugleich.

„Nur eine Planänderung", korrigierte sie ihn und setzte sich gerade hin. Ihre Füße stellte sie wieder auf den Boden.

„Kein Abendessen?"

„Abendessen hier. Okay?" Sie kaute auf ihrer Lippe.

„Bei dir?"

„Ich habe ein altes Rezept meiner Mom gefunden und mich entschieden, es zu kochen. Es liegt jetzt im Ofen ... Riecht großartig."

„Hmm. Was ist es denn?"

„Boeuf Bourguignon."

„Ich bin beeindruckt. Mir läuft schon das Wasser im Mund zusammen."

„Vorfreude ist die schönste Freude. Auf dieses und auch auf jenes." Carrie lächelte und lehnte sich wieder auf ihrem Sofa zurück. Sie legte ihre Füße auf den Kaffeetisch.

„Wie kommst du darauf ..."

„Dienstag Abend?"

„Zugegeben, auch in dieser Hinsicht kann ich es kaum abwarten."

Sie lachte. „Denkst du, wir werden ..."

„Ich denke hier erst mal gar nichts ... Aber ein Mann kann ja hoffen, nicht wahr?"

„Morgen wird unser drittes Date sein." Carrie nahm ihr Weinglas in die Hand und trank einen Schluck.

„Unser viertes."

„Das erste war geschäftlich", berichtigte sie ihn.

„Das hast du gedacht."

„Es war also doch ein Date? Du hast mir nicht einmal einen Gute-Nacht-Kuss gegeben!" Sie setzte sich wieder auf und zog ihre Füße herunter.

„Ich musste dich doch erst einmal unter die Lupe nehmen, bevor ich mich an dich heranmache."

Sie lachte.

„Morgen zur selben Zeit? Oder möchtest du, dass ich heute schon zu dir komme und, äh, bis morgen bleibe ... Dann kann ich ganz sicher sein, dass ich pünktlich sein werde", kicherte er.

„Netter Versuch. Um sechs, wie wir es verabredet haben, und wehe, du kommst zu spät! Dann fange ich ohne dich an ..."

„Was denn ... Oh ... Das Essen! Verstehe."

Sie kicherte vergnügt, schüttelte ihren Kopf, legte auf und ging in die Küche, um nach dem Ofen zu sehen.

Kapitel Acht

Samstag halb sechs gab Carrie ihrem Make-up den letzten Schliff. Dann hieß es warten. Sie trug einen langärmligen cremefarbenen Baumwollpullover mit tiefem Ausschnitt über hautengen Stretch-Jeans. Um ihren Hals hing ein Amethyst-Anhänger, der fast über ihrem Busen lag. Sie fügte die passenden Ohrringe hinzu und schüttelte ihr Haar, dass es ihr locker über die Schultern fiel.

Das Boeuf Bourguignon wärmte gerade im Ofen auf. Das Aroma erfüllte das ganze Apartment und sickerte unter der Tür hindurch nach draußen, die Treppe hinunter in die engen Flure und den kleinen Eingangsbereich des Hauses. Auf dem Tisch war ihr bestes Geschirr angerichtet, weiß mit winzigen Schmetterlingen und Blumen in lavendel und hellgrün. Der kleine runde Tisch war mit einer lavendelfarbenen Tischdecke bedeckt, die bis zum Boden reichte. Darüber war als zweite Schicht noch einmal eine kürzere Decke in dunklem Lila gelegt. Die Wein- und Wassergläser aus Kristall schimmerten und ein einzelner silberfarbener Kerzenhalter mit einer hellgrünen Kerze bestückt thronte in der Mitte des Tisches. *Es sieht sehr romantisch aus. Da könnte er auf Gedanken kommen. Eigentlich ist er das ja schon. Ich muss mir selber klar werden, was ich möchte.*

Carrie tupfte ein wenig Fliederparfüm auf ihre Handgelenke und zwischen ihre Brüste. Gerade als sie den Stöpsel wieder auf die Parfümflasche legte, hörte sie ihren Türsummer läuten. Sie schaute auf ihre Uhr. Zwei Minuten vor sechs. Sie kicherte vor sich hin, als sie zu ihrer Klingelanlage ging, um die Haustür zu öffnen, überrascht von der Vorfreude, die in ihr übersprudelte.

DIE HEIRATSLISTE

SOBALD ER DIE SCHMIEDEEISERNE Eingangstür geöffnet hatte, wehte Grey der Geruch des französischen Schmorbratens entgegen. *Ich hoffe, das kommt aus Carries Wohnung.* Als er die drei Stockwerke hinauflief, wurde das Aroma stärker und er fühlte, wie sein Magen anfing zu knurren. Er hielt eine teure Flasche Rotwein in einer Hand und ein Dutzend rote Rosen in der anderen. Ein Lächeln stieg in ihm auf, als er daran dachte, dass sie heute sicherlich einen Schritt weiter gehen würden. Er hatte die ganze Woche über an Carrie gedacht, wie ihre Lippen schmeckten, das Gefühl ihrer Brüste unter seinen Händen, ihren knackigen Hintern. Mit ihr zusammen ein Baseballspiel genießen zu können war das Sahnehäubchen oben drauf gewesen. Anders als andere Frauen hatte sie ihn schnell für sich eingenommen und schlich sich langsam aber sicher in sein gut behütetes Herz hinein.

Als sie die Tür öffnete, sah sie einfach bezaubernd aus. Und er hatte recht gehabt – der wundervolle Bratenduft kam aus ihrer Wohnung. Er gab ihr einen sanften Kuss, überreichte ihr die Blumen und trat ein. Er hatte, wie bei jeder anderen Frau ihres Alters, ein spärlich ausgestattetes Apartment mit billigen Möbeln erwartet. Sein Mund stand offen, als er die ersten Eindrücke in sich aufnahm. Er ging in das Wohnzimmer und war beeindruckt von den hübschen rot-orange gestreiften kleinen Sofas auf jeder Seite des Kamins. Eine alte Schusterbank war zum Kaffeetisch, der zwischen den Sofas stand, umfunktioniert worden. Ein antiker Eckschrank aus Kiefernholz, so poliert, dass er glänzte, füllte die ganze Ecke aus, während weiße Vorhänge aus natürlichem Leinen in der leichten Brise wehten, die sogar dann eindrang, wenn die Fenster geschlossen waren.

„Dein Apartment ist sehr schön eingerichtet. Hast du das gemacht?" Sein Blick wanderte durch das Wohnzimmer zur Küche, dann den langen Flur entlang zu ihrem Schlafzimmer.

„Was denkst du denn, dass ich einen Innenausstatter angeheuert habe? Natürlich nicht, warum auch?", fragte sie.

„Manche Menschen bevorzugen es, das Einrichten anderen zu überlassen."

„Das ist mein Heim. Ich möchte es genau so haben, wie ich will. Mein ureigener Geschmack. Das kann ich niemandem anders anvertrauen." Carrie überreichte ihm einen Korkenzieher.

„Da stimme ich dir zu." Er machte sich daran, die Flasche Cabernet Sauvignon zu öffnen, die er mitgebracht hatte.

„Hast du dein Haus auch selbst eingerichtet?"

Er schüttelte den Kopf. „Ich habe mir helfen lassen. Ich wusste einfach nicht, wo ich anfangen sollte", sagte er, peinlich berührt.

Ein Timer fing an zu klingeln und rief Carrie in die Küche, bevor sie etwas darauf erwidern konnte. Er bemerkte, dass der runde Tisch ganz romantisch für zwei gedeckt worden war. Die Balkontür war von durchscheinenden weißen Vorhängen bedeckt. Es gab einen kleinen Teppich aus Stroh, altamerikanische Lampen, zwei Dekokissen und einige kleine Kunstobjekte auf dem Kaminsims aus weißem Marmor. Eine schmale Kredenz hatte hinter einem der Sofas ihren Platz gefunden und hielt einen wunderschönen Korb, mit Früchten gefüllt, bereit. Eine kleine Schale mit Nüssen stand auf der Schusterbank. Das bezaubernde Apartment traf ihn völlig unerwartet, als er die Tür in dieses kleine Reich durchschritten hatte. Er blickte zu ihrem Schlafzimmer herüber.

„Betreten fürs erste verboten ...", sagte sie, als ihre Augen seinem Blick folgten.

„Kannst du mir nicht eine Tour geben? Mir gefällt, was du aus dieser Wohnung gemacht hast. Kann ich auch den Rest sehen?"

„Sicher. Komm einfach mit." Sie führte ihn auf den Balkon, der einen kleinen grauen schmiedeeisernen Tisch und zwei Stühle aus dem gleichen Material mit pfauenblauer Polsterung beherbergte. Dann führte sie ihn den Flur entlang, den sie in eine Mini-Galerie für originale Kunstwerke verwandelt hatte. Eines stellte eine Tuschezeichnung eines im impressionistischen Stil gezeichneten Segelboots dar. Zwei rote Schmuckteller mit einem Muster aus Türkis und Gold, ein Ölgemälde einer Berglandschaft und viele weitere schöne Dinge hingen an den Wänden. Grey hatte keine Zeit, sie auf ihrem schnellen Weg ins Schlafzimmer alle genau zu betrachten. Die Wände des Zimmers waren in einem hellen Himmelsblau gestrichen, umrahmt von einem weichen Gelbton. Die Tagesdecke war mit einem Country-Muster aus blau, gelb und weiß bedeckt. Auf jeder Seite des Betts stand ein kleiner antiker Kiefernschrank, der Look ländlich-französisch, darauf eine weiße Lampe. Er bemerkte, dass es sich um ein Bett mit Übergröße, Queen-Size, handelte, und lächelte.

„Warum tust du das?"

„Was?" Grey versuchte, sein Lächeln unschuldig wirken zu lassen, aber versagte kläglich.

„Das verruchte Grinsen auf deinen Lippen."

„Nichts, nichts. Ich bewundere lediglich dein Schlafzimmer. Ein angenehmer Raum, sehr stilvoll eingerichtet. Kann ich das nicht bewundern, ohne Hintergedanken?"

„Was gefällt dir daran?" Carries Augen verengten sich und sie drehte sich zu ihm um, damit sie ihm direkt ins Gesicht schauen konnte.

„Die Ausstattung ... die Farben ... um ehrlich zu sein, die Größe des Betts sagt viel über dich aus."

„Wie das?"

„Wäre es ein Einzelbett, könnte ich mir sicher sein, dass wir nicht so bald gemeinsam darin schlafen ... ein Doppelbett würde eine fünfzig-zu-fünfzig-Chance bedeuten, aber ein Queen-Size-Bett bedeutet ..." Er errötete, da ihm plötzlich bewusst wurde, dass er zu viel von sich preisgab.

„Bedeutet?" Sie blieb hartnäckig.

„Nichts weiter", sagte er und ging Richtung Tür.

Sie zog an seinem Arm und er drehte sich zu ihr um.

„Bedeutet was?" Sie ließ nicht locker. Sie versperrte ihm den Durchgang zur Tür und stemmte ihre Hände in die Hüften.

„Bedeutet, dass du Interesse daran hast ... mit jemand anderem Zeit zu verbringen in einem Bett, das Platz genug bietet für zwei Menschen, vor allem für einen Mann meiner Größe."

„Ich verstehe. Das sind recht gewagte Schlüsse bei der spärlichen Datenlage, findest du nicht?" Sie hob ihre Hand zu ihrem Mund, um ein Lächeln zu verbergen.

„Da spricht die Hoffnung aus mir", sagte er und zog sie näher an sich für einen Kuss.

„Ich muss mich jetzt ums Essen kümmern", sagte sie und entzog sich seiner Umarmung, um sich wieder Richtung Küche zu bewegen.

Grey folgte ihr und beobachtete ihren Hüftschwung, während sie ging. Seine Lust auf sie wuchs. Sein Herz begann schneller zu schlagen, wenn er daran dachte, dass Carrie vielleicht jene Frau war, die alle drei Kriterien auf seiner Liste erfüllte.

Sie arrangierte die Rosen, die er mitgebracht hatte, in einer Vase und stellte diese auf den Kaffeetisch, dann stoppte sie für einen kurzen ‚Vielen Dank'-Kuss und kehrte wieder in die Küche zurück. Er blieb im Wohnzimmer und betrachtete die Originale an ihren Wänden, jedes perfekt gerahmt und kunstvoll zusammengestellt, bis er einen Schrei und ein Poltern hörte. Er rannte in die Küche, wo Carrie ihre Hand hielt, Tränen in den Augen.

„Was ist passiert?"

„Manchmal vergesse ich ... Ich habe den Bräter ohne die Handschuhe angefasst", sagte sie.

Grey öffnete schnell und ruhig den Eisschrank und holte einige Eiswürfel heraus. Er nahm ihre Hand, legte vorsichtig das Eis auf die verbrannte Haut und hielt es dort fest. Mit seiner anderen Hand holte er eine kleine Schüssel aus dem Küchenschrank, die er mit kaltem Wasser füllte. Dann schmiss er das Eis in das Wasser und führte sie zu dem schon hergerichteten Tisch. Sie setzte sich und er legte ihre Hand in das Eiswasser.

„Lass sie erst mal drin. Ich kümmere mich derweil um das Essen", sagte er und küsste die Wunde, bevor er die Hand wieder hineinsinken ließ. Dann wischte er mit seinem Daumen eine Träne von ihrer Wange.

Carrie lehnte sich zurück und ließ es geschehen. Sie beobachtete Grey dabei, wie er die Kasserolle geschickt aus dem Ofen zog und zusammen mit den Nudeln und dem Salat an den Tisch brachte.

„Du hast Erfahrung, das sehe ich", sagte sie und versuchte, die Kerze mit einer Hand anzuzünden.

„In einer großen Familie hilft jeder mit", antwortete er, nahm die Streichhölzer aus ihrer Hand und zündete die Kerze mit einem Bogen an.

„Wo bist du aufgewachsen?"

„Nördlich von New York, in einer Kleinstadt ... von der du vermutlich noch nie etwas gehört hast. Pine Grove."

Sie schüttelte ihren Kopf.

„Ein Junge vom Land also?" Carrie legte ihre verbrannte Hand wieder in das eiskalte Wasser.

„Der Wechsel in die große Stadt fiel mir leicht." Er ging noch einmal in die Küche.

„Gehst du manchmal noch nach Hause?"

„Für die Feiertage." Er redete lauter, sodass sie ihn hören konnte, als er den Ofen ausschaltete und die Handschuhe wegräumte.

„Du hast Glück."

„Besuchst du deine Eltern nie?", fragte er und setzte sich an den Tisch.

„Sie sind immer beschäftigt. Manchmal gehe ich an Weihnachten, aber Reisen um diese Jahreszeit ist verrückt."

„Was ist mit deinem Bruder?"

„Er besucht sie öfter, er lebt nicht so weit weg und arbeitet als Lehrer, also hat er auch mehr Zeit."

Er hörte ein wenig Traurigkeit in ihrer Stimme. Eine Frau mit all diesen Talenten, und sie war weder verheiratet, noch verlobt ... oder?

„Du bist nicht mit jemandem zusammen, nicht wahr?" Er schenkte mehr Wein nach.

„Würde ich mit dir ausgehen, wenn ich es wäre?" Sie schaute zu ihm auf.

„Ich hoffe nicht."

„Ich bin frei, wenn das deine Frage war. Ich gehe mit niemandem aus ... meistens jedenfalls." Sie trank einen Schluck von dem Wein, den er mitgebracht hatte, und lächelte zustimmend.

„Für den Koch, möge sie lang und glücklich leben", sagte er und hob das Glas an seine Lippen.

Sie lächelte und trank ebenfalls.

„Dann gibt es also jemand anderen?" Sein Kopf zuckte ein wenig nach oben, als seine Augen ihre suchten.

„Nicht wirklich. Es ... naja ... gab jemanden. Du denkst doch nicht, dass ich jeden Abend zu Hause auf deinen Anruf gewartet habe, oder? Ich hatte ein oder zwei Männer in meinem Leben, als ich dich getroffen habe."

„Und jetzt?"

„Jetzt?" Sie errötete.

„Gehst du immer noch auf Dates mit ihnen aus?" Er schüttelte die Serviette aus und breitete sie über seine Oberschenkel.

„Eigentlich ... also ..."

„Also was?" Er forderte eine Antwort und blickte ihr fest in die Augen.

„Nein", gab sie zu und ließ ihren Blick auf ihren Teller sinken.

„Gut. Ich teile nicht gern", sagte er und nahm einen ersten Bissen.

„Und wie ist es bei dir?", fragte sie und beobachtete ihn genau.

„Du bist jetzt meine Einzige." Er hatte sich gestern entschieden, Monica nicht mehr anzurufen. Oder Louisa. Er hatte kein Interesse mehr an ihnen, oder irgendeiner anderen Frau, seit er Carrie kennengelernt hatte.

„Jetzt? Ich teile ebenfalls nicht gern", ließ sie ihn wissen und hob eine Augenbraue.

Puh! Das war knapp! Ich hatte nie in Erwägung gezogen, dass sie was mit einem anderen haben könnte.

„Das schmeckt wundervoll", sagte er und schloss genießerisch die Augen, ließ den Bissen für ein paar Sekunden in seinem Mund herumrollen.

„Es ist gut, nicht wahr?" Sie schnitt das zarte Fleisch mit der Innenseite ihrer Gabel, da sie ihre verletzte Hand nicht benutzen wollte.

„Gott, es ist mehr als gut, es ist unglaublich. Du hast das gemacht?"

„Nach einem geheimen Rezept meiner Mom." Ihr Lächeln wurde breiter.

Sie erfüllt die ersten beiden Kriterien der Liste ohne Probleme.

Er fühlte sich nervös und aufgedreht, als ihm klar wurde, dass sie seine Traumfrau sein könnte. Niemand sonst war auch nur annähernd so gewesen wie sie. Es schien schier unmöglich, eine Frau zu finden, die kochen und ein schönes Heim einrichten konnte. Sie war so rar wie ein vierblättriges Kleeblatt. Er ließ es sich schmecken, jeden einzelnen Bissen.

Sie aßen eine Weile schweigend, bis Carrie mit ihrer Zunge über ihre Unterlippe strich, um ein wenig Bratensoße abzulecken. Grey beobachtete ihre Zunge und fühlte, wie sich sein Puls beschleunigte. Sie schaute ihm in die Augen und ließ dann ihren Blick ebenfalls auf seine Lippen sinken. Sie errötete, als er sie wissend anlächelte und konzentrierte sich wieder auf den Teller vor ihr.

Als sie fertig waren, stand Grey auf, um den Tisch abzuräumen.

„Wie geht's deiner Hand?"

„Viel besser, danke", sagte sie und schaute auf die roten Flecken auf der Innenseite ihrer Finger.

„Bleib hier sitzen, ich mach das schon. Soll ich sie stapeln?"

Kapitel Neun

Als sie Grey dabei beobachtete, wie er zwischen Küche und Esstisch hin und her pendelte, konnte sie ihre Augen nicht von seinem trainierten Körper losreißen. Er steckte in einem einfachen T-Shirt und grauen Freizeithosen. Seine Camel-Jacke hing hinter der Eingangstür. Ihr Herz schmolz dahin. Niemand hatte sie je so gut getröstet, wenn sie sich verletzt hatte. Er schlich sich zu schnell in ihr Herz. Zu dem Stress und dem Wahnsinn auf der Arbeit konnte sie sich nicht noch eine Liebesaffäre leisten. Liebe bedeutete Aufwand, brauchte Energie, regelmäßig rasierte Beine, Zeit und Aufmerksamkeit, die sie einfach nicht erübrigen konnte, während ihr Job derart in der Schwebe hing.

So sehr sie es auch versuchte, sie konnte Grey Andrews einfach nicht widerstehen. Selbst wenn sie die Anziehung zwischen ihnen vernachlässigte – seine Freundlichkeit, Großzügigkeit und sein Humor ließen jeden Widerstand in ihr dahinschmelzen. *Und die Anziehung konnte sie definitiv nicht vernachlässigen.* Wenn er ihr nahe kam, sie berührte, sie wusste, sie würde ihm in die Arme fallen, sich ihm voller Ekstase hingeben. *Okay, ich will ihn. Das ist verrückt, Wahnsinn. Ich habe keine Zeit für ihn ... aber ich will ihn.*

„Für das Dessert gibt es Zitronen-Sorbet", sagte sie und erhob sich, als er wieder Platz nahm. Der Tisch war abgeräumt. „Möchtest du auch Kaffee?"

Als sie an ihm vorbeigehen wollte, hielt er sie fest, indem er seine Hände an ihre Taille legte und sie in seinen Schoß zog.

„Alles, was ich zum Dessert möchte, bist du", flüsterte er in ihr Ohr und schob seine Hand unter ihr Haar, drückte ihr Gesicht sanft näher. Seine Lippen schlossen sich über ihren in einem sachten Kuss. Sie legte ihre Arme um seinen Hals. Seine Zunge traf auf ihre und sie spielten ein wenig miteinander. Carries Atmung wurde schneller, als seine linke Hand unter ihren Pullover glitt und ihre Brust umschloss. Sie stöhnte leise. Sie wollte mehr.

Er massierte ihre Brust, fand die Brustwarze und ließ seinen Daumen darüber gleiten, machte sie hart. Carrie lehnte sich an ihn und bedeutete ihm, weiterzumachen. Seine rechte Hand legte sich auf ihren Rücken und wanderte ebenfalls auf ihrer nackten Haut entlang, bis er ihren BH fand, den Verschluss öffnete und wieder zu ihrer Taille zurückkehrte. Währenddessen konnte sich nun seine andere Hand unter den BH schieben, kühle auf warmer blanker Haut. Sie keuchte vor Überraschung.

„Sorry", murmelte er und löste seine Lippen für einen Moment von ihr.

Seine Hand blieb weiter auf ihrer Brust. Er streichelte sie, drückte sie ... umkreiste und kniff in ihre Brustwarze. Seine Lippen lösten sich von ihren und hielten auf ihren Hals zu. Er knabberte sich bis zu ihrem Nacken und der Brust herunter, während er langsam den Pullover von ihrer Schulter nach unten zog, bis die Brüste nackt vor seinen Lippen lagen, die sich gierig darauf stürzten.

Carrie keuchte ein wenig, ließ ihre Hand durch sein Haar fahren und schloss ihre Augen. Hitze erfüllte ihren Körper, Feuchtigkeit breitete sich zwischen ihren Beinen aus.

„Ich will dich, Carrie", flüsterte er rau.

Sie hob sein Gesicht an und sah ihm in die Augen, ihre eigenen voller Lust auf ihn gerichtet. Sie küsste ihn, bewegte ihre Zunge in seinem Mund, nahm ihn sich, drückte ihren Körper an ihn. Sie wollte ihn auch, hatte ihn schon wochenlang gewollt. Dann zog sie sich zurück.

„Liebe mich", flüsterte sie.

„Mit Freuden", sagte er leise.

Er hob sie von seinem Schoß und sie nahm seine Hand und führte ihn ins Schlafzimmer. Er riss die Tagesdecke vom Bett und drehte sich zu ihr um, zog ihren Pullover über ihren Kopf, ließ ihren BH zu Boden gleiten und schaute sie dann an.

„Du bist schön, unglaublich schön", sagte er, als er ihre Brüste anstarrte.

Sie errötete und kam näher, zog an seinem Hemd. Sie riss es aus seiner Hose, knöpfte es auf und zog es von seinen Schultern. Ihre Augen weiteten, sich, als sie seine nackte Brust vor sich sah. Ein Lächeln umspielte ihre Lippen, als sie ihre Handflächen über seine festen Muskeln gleiten ließ, die von feinem, hellbraunem Haar bedeckt waren. Sie erzitterte, als sie ihn berührte, ihre Hände flach machte und noch einen Schritt näher trat.

„Nicht schlecht, überhaupt nicht schlecht", murmelte sie und schaute zu ihm auf.

Er lachte. „Ist das schon alles?"

„Umwerfend ... besser?", fragte sie, als sie ihre Hände nach oben gleiten ließ und hinter seinem Nacken verschränkte, ihre Brust an seine presste.

Er stöhnte bei dem Gefühl ihrer Brüste auf seiner Haut und wandte sich dem Knopf ihrer Jeanshose zu. Knopf und Reißverschluss waren in einem Herzschlag offen, aber sie musste die engen Jeans selbst herunterziehen.

„Lass sie fallen, mein Hübscher", sagte sie zu ihm, während sie sich mit ihrer Hose abmühte. Sie sah ihm dabei zu, wie er sich nackt machte.

Sie stand vor ihm in ihrem Slip aus schwarzer Spitze und verschränkte ihre Arme. Sie fühlte sich plötzlich befangen. Er sog bei ihrem Anblick die Luft ein und ging auf sie zu, legte seine Arme um sie, ließ seine Hände zu ihrem Po heruntergleiten und zog sie an sich. Er ließ sie seine fast schon schmerzvolle Erektion spüren, was ihr ein leises erregtes Stöhnen entlockte. Sie bedeckte seinen Hals und seine Brust mit Küssen.

„Du bist atemberaubend", flüsterte er in ihr Ohr.

Ihre Hände glitten zu seinem Hintern und bearbeiteten ihn, drückten ihn noch näher an sich. Grey schob seine Hände unter den Bund ihres Slips und zog sie nach unten, legte seine Hände auf ihr nacktes Gesäß. Er stöhnte in ihren Nacken.

Sie drückte den Slip zu Boden und trat aus ihm heraus. Grey lehnte sich über sie und seine Finger machten sich über ihre Hüften auf den Weg zur Rückseite ihrer Schenkel, dann nach vorn und aufwärts, um ihr Innerstes ein wenig zu streicheln. Als sie Kontakt mit der Feuchtigkeit aufnahmen fing sie an zu stöhnen und öffnete die Beine für ihn. Seine Finger spielten mit ihr, streichelten, umkreisten und drangen schließlich in die Öffnung ein, wieder und wieder. Sie zitterte vor Lust.

„Oh mein Gott ... du ... du", stammelte sie, als seine Finger sie weiter liebkosten; ihr Kopf fiel willenlos auf seine Schulter, ihre Augen geschlossen, ihr Körper sank weich gegen ihn. Er konnte fühlen, wie ihr Puls raste, Hitze ihren Körper zum Glühen brachte, als sie nass wurde durch die Magie seiner Finger.

Grey richtete sich auf und führte sie ans Bett. Er setzte sich zuerst darauf und zog sie dann sanft neben sich. Er küsste ihre Lippen und ihre Brüste, als seine Hand über ihren flachen Bauch strich und zwischen ihren Beinen verschwand. Carrie öffnete sich ihm willig. Sie stöhnte leise, als seine Finger ihre Wärme erforschten.

„Zeig mir, wo du berührt werden willst", wisperte er.

„Oh ... du machst das ganz gut", murmelte sie.

„Ich möchte dich verwöhnen, dich ganz und gar befriedigen. Leite mich an", sagte er.

Er bewegte seine Finger, und jedes Mal wurde er mit einem glücklichen Stöhnen belohnt. Es schien, wo immer er sie auch berührte – sie liebte es. Und dann traf er den perfekten Punkt.

„Oh mein Gott! Da. Da. Genau so", hauchte sie, drückte ihren Rücken durch, schloss ihre Augen.

Grey lächelte, als seine Finger ihr Lust verschafften. Ihr stoßweiser, unregelmäßiger Atem hinderte sie nicht daran, nach unten zu langen und ihre Hand um sein hartes Glied zu schließen. Sie fuhr seine Erektion entlang, erstaunt, wie hart er war, bis sie ihn zum Stöhnen brachte.

„Stop. Stop", keuchte er und legte seine Hand auf ihre.

„Warum?"

„Das wird sonst sehr schnell vorbei sein, wenn du es nicht tust. Ich bin ... ich ... Oh, Gott", stöhnte er in ihren Nacken.

Carrie zog ihre Hand zurück und konzentrierte sich auf das Gefühl, was er in ihr entfachte, als ihre Leidenschaft Feuer fing, beinahe schon außer Kontrolle war. Sie war voller Verlangen, wollte ihn in sich spüren.

„Grey ... Ich ... Ich werde ... gleich ...", stotterte sie.

„Komm für mich, Liebste", flüsterte er in ihr Ohr und ließ seine Finger ganz in ihr verschwinden.

Seine Worte ließen es geschehen, als ihre Hüfte sich aufbäumte, ihre Muskeln sich verkrampften und sie ein langes Stöhnen ausstieß, als die Hitze der Leidenschaft ihren Körper erfüllte, bis in ihre Fingerspitzen und Zehen schoss. Als ihre Hüfte sich wieder entspannte, fühlte sie das kribbelnde Gefühl in ihr allmählich wieder verschwinden. Keuchend wandte sie sich ihm zu und küsste ihn sanft, behutsam auf seine Lippen, ihre Hand auf seiner Wange. Er bedeckte ihre Brust mit seiner Hand, als er sein Gesicht an ihrem Hals vergrub.

„Verhütest du?"

„Ich nehme die Pille", flüsterte sie zurück.

„Ich will dich sehen ... dich berühren", hauchte er, als er sich auf seinen Rücken legte und sie auf sich setzte. Sie glitt ohne Widerstand über seine Erektion, nahm ihn ganz in sich auf. Sie stöhnten beide auf, als er in ihr verschwand, ihre warme Feuchtigkeit ihn umschloss, ihre Muskeln einen sanften Druck auf ihn ausübten. Er zog ihre Schultern herunter auf seine und attackierte ihren Mund mit einem aggressiven Kuss, seine Zunge rang mit ihrer, seine Hände in ihrem Haar. Als er sie losließ, fiel sein Blick auf ihre Brüste und auch seine Hände waren nun frei, als sie langsam und stetig sich auf ihm auf- und abbewegte.

„Du ... du ... bist fast zu viel ... für mich", keuchte er.

Carrie hielt ihm ihre Brüste entgegen, als seine Hände sie weiter bearbeiteten. Sie bewegte sich schneller, als er lauter wurde. Endlich schlang er seine Arme um sie und rollte sich mit ihr, bis sie auf dem Rücken lag, er auf ihr. Er stieß in sie mit wilder Leidenschaft, sein Gesicht in ihrem Haar vergraben. Seine Arme stützen sich ab, als sie sich seinem Rhythmus anpasste und sie sich wie eins bewegten. Carrie drückte ihren Rücken durch, als ein zweiter Orgasmus ihren Körper durchfuhr. Sie umklammerte seine Schultern, schloss ihre Augen und ließ sich gänzlich fallen, ihre Hüfte von ganz allein im Takt mit ihm, die Laute aus ihrem Mund kamen wie von selbst. Sobald sie fertig war, kam schon das Zeichen seines Höhepunkts, ein lautes Stöhnen, mehrere heftige Stöße, bis er sich entspannte. Carrie fühlte, dass ein dünner Schweißfilm seinen Rücken bedeckte, als sie ihre Finger über seine Wirbelsäule auf- und abgleiten ließ.

Seine Augen waren zu, sein Gewicht drückte sie nach unten, ohne dass es ihr wehtat. Das wundervolle Gefühl von Haut an nackter Haut durchfuhr Carrie, als sie ebenfalls die Augen schloss. Ein reines Glücksgefühl durchflutete sie. Ganz und gar zufrieden legte sie ihre Arme um seinen Hals und küsste seine Wange.

„Das war schön, Carrie, so schön", murmelte er.

Sie antwortete etwas Unverständliches und streichelte seine Schultern. Ein oder zwei Minuten lagen sie einfach so da, dann rollte er von ihr herunter und schloss sie in seine Arme. Ihre Wange lag auf seiner Brust.

„Glücklich?", fragte er sie, als er über die andere Wange strich.

„Hmhmm."

„Gut", sagte er, schloss seine Augen und lächelte, als seine Hand über ihren Rücken und die Arme fuhr.

Eine Zeitlang lagen sie schweigend nebeneinander. Nach einer halben Stunde setzte Carrie sich auf.

„Kaffee mit Nachtisch im Bett?"

„Ich bin voll, aber Kaffee klingt großartig", sagte er und erhob sich ebenfalls.

„Ich mach das", sagte sie und drückte ihn sanft wieder herunter aufs Bett.

„Nicht mit deiner verletzten Hand. Lass mich dir helfen", bot er ihr an und stieg vom Bett. Er zog seine Boxershorts an.

Carrie zog ein kurzes, pinkseidenes Nachthemd über ihren Kopf und ging ihm voran in die Küche.

WÄHREND CARRIE DEN Kaffee aufsetzte, wusch Grey ab. Sie legte ein wenig Musik auf, nahm ein Küchentuch und trocknete ab. Wieder spielte Michael Bubles ‚Haven't Met You Yet'. Als Grey fertig war, nahm er sie bei der Taille und tanzte mit ihr, wirbelte sie durch das Wohnzimmer im Takt des Lieds. Er zog ihre Hüfte an sich und rieb sich an ihr. Sie legte ihre Hände auf seine blanke Brust, als sie langsamer tanzten. Ihre Erregung wuchs.

Als der Song geendet hatte, zog sie ihn zu sich herunter für einen leidenschaftlichen Kuss. Seine Hände griffen nach ihren Brüsten und ihr Atem beschleunigte sich. Er drückte sie gegen die Wand, als sich ihre Lust immer mehr in dem Kuss Bahn brach. Grey ließ seine Hand unter ihr Nachthemd und zwischen ihre Beine gleiten, seine Finger auf der Suche nach dem empfindsamen Punkt, den er vorhin gefunden hatte.

Ihre Knie wurden weich und sie griff nach seinem Schwanz, erfreut, dass er schon hart war. Mit den schnellen kreisenden Bewegungen seiner Finger brachte er sie in Ekstase, dann ließ er sie in ihre Öffnung gleiten.

„Oh Gott, Grey!", stöhnte sie auf und streichelte sein Glied.

„Willst du mich?", flüsterte er und kam näher.

„Ja", stöhnte sie wieder.

„Sag es, Süße, sag's mir jetzt", murmelte er und seine Finger bewegten sich schneller.

„Ich will dich ... Ich will dich in mir ... Nimm mich ... *Jetzt*", keuchte sie.

Er riss ihr das Nachthemd vom Leib, hob sie an ihrer Taille hoch und setzte sie auf dem Tisch ab.

„Lehn dich zurück", befahl er ihr.

Sie ließ ihre Schultern gegen die Wand sinken, während er seine Hände unter ihre Schenkel legte und ihre Beine hochzog. Er ließ seine Shorts zu Boden gleiten und schob sie beiseite, dann trat er an den Tisch, stellte sich zwischen ihre Schenkel und drang in sie ein.

„Oh mein Gott", stöhnte sie und ließ sich fallen, gab sich der Lust hin, die er in ihr entfachte, als sie ihre Augen schloss, ihre Stirn an seine Brust gelehnt.

Mit einer Hand auf ihrer Schulter und die andere auf den Tisch gestützt, stieß er hart zu. Jedes Mal entwich ein leiser Laut ihren Lippen. Er legte eine Hand zu ihrer Hüfte und hielt sie fest, während er sich in ihr bewegte. Schweißtropfen standen auf seiner Stirn und Brust. Sie hob ihre Hände zu seinem Kopf, öffnete ihre Augen und blickte in seine. Sein Mund traf auf ihren und seine Zunge nahm von ihr Besitz.

Der Druck in ihr wuchs schnell. Er lehnte sich ein wenig zurück, schaute ihr mit einem genüsslichen Grinsen in ihre Augen, während seine Finger sie an ihrer Perle streichelten, sie stimulierten, bis sie über die Schwelle gehoben wurde, ihre Augen sich schlossen als jeder Muskel ihres Körpers sich anspannte und nach einer kleinen Ewigkeit wieder löste und sie in purer Glückseligkeit zurückließ. Als sie wieder aufblickte, bemerkte sie, dass er sie die ganze Zeit über beobachtet hatte.

„Du bist so wunderschön, wenn du ...", fing er an, aber er konnte den Satz nicht mehr beenden. Er ächzte und wurde schneller, stieß härter zu bis er in ihr explodierte, sich in einem langgezogenen Stöhnen entlud.

Die Stille im Raum wurde nur durch ihr schweres Atmen unterbrochen. Die Musik war schon lange zu Ende. Sie lehnte sich an ihn und gab ihm einen sanften, liebevollen Kuss.

„Du bist unglaublich", murmelte sie in seinen Mund.

„Du bist sehr ... sexy ... empfänglich", bemerkte er.

„Bei dir ... bei dir ... oh, Baby", seufzte sie und schloss ihre Augen.

Er schlang seine Arme um sie und umarmte sie fest, zog sie ganz nah an sich heran. Er streichelte ihren Kopf, während ihre Hände über seinen Rücken glitten.

Endlich trennte er sich von ihr, sammelte seine Boxershorts und ihr Nachthemd ein und half ihr, es wieder anzuziehen. Grey schlüpfte in die Küche und kehrte mit zwei dampfenden Tassen Kaffee in das Wohnzimmer zurück. Sie setzten sich gemeinsam auf eines der Sofas, legten ihre Füße auf dem Kaffeetischchen ab und schauten dem Feuer im Kamin zu, wie es langsam verlosch.

Carrie kuschelte sich an ihn und schmiegte ihren Kopf an seine Schulter. Er legte seinen Arm um sie und nippte an seinem Kaffee.

„Du weißt alles über mich, also lass uns einmal über dich sprechen", begann sie.

„Alles? Das bezweifle ich." Er streichelte über ihr Haar.

„Vielleicht nicht alles, aber mehr, als ich über dich weiß. Ob du eine Familie haben möchtest, Kinder, warum du bis jetzt nicht geheiratet hast? Oder warst du mal verheiratet? Du bist vierunddreißig, richtig?"

„Mal langsam mit den jungen Pferden! Eine Frage nach der anderen, bitte!"

„Okay. Du bist vierunddreißig und warst nie verheiratet?" Carrie rührte mehr Zucker in ihre Kaffeetasse.

„Das stimmt." Seine Hand lag auf ihrer Schulter.

„Wie kommt's?" Sie setzte sich gerade hin und schaute ihm in die Augen.

„Ich habe zehn Jahre damit verbracht, mir auf der Arbeit den Arsch aufzureißen, jeden Penny gespart und investiert, um dorthin zu kommen, wo ich nun bin."

„Das ist keine Antwort auf meine Frage."

„Ich habe auf die richtige Frau gewartet", antwortete er.

„Und du hast sie noch nicht getroffen?"

„Naja ..." Er errötete und schaute zur Seite, den Blick auf das Feuer im Kamin gerichtet.

„Du hast sie noch nicht getroffen, ansonsten wärst du bereits verheiratet oder zumindest verlobt, nicht wahr?"

„Ich schätze ... es ist kompliziert."

„Das verstehe ich nicht. Warum?"

„Glaub mir einfach, es ist so." Sein Blick wanderte zum Fenster. Ein Spatz landete auf einem Ast davor.

Sie zuckte mit den Achseln. „Und wenn du sie triffst, dann weißt du es? Und wirst sie heiraten?"

„Ja. Was ist mit dir? Niemals verheiratet ..." Er drehte sich wieder zu ihr um und sah sie an.

„Das habe ich nicht gesagt." Sie rutschte auf dem Sofa ein wenig von ihm weg.

„Du warst verheiratet ... und hast eine Scheidung hinter dir, schon im Alter von neunundzwanzig Jahren?"

Sie nickte.

„Möchtest du mir davon erzählen?" Grey legte seine Finger zwischen ihre und suchte ihren Blick.

Sie schüttelte den Kopf. „Das ist Vergangenheit, drei Jahre ist das jetzt her." Sie trank noch einen Schluck Kaffee.

„Ich verstehe. Es ist kompliziert, richtig?" Ein betrübtes Lächeln umspielte seine Lippen.

Sie lachte.

„Die Vergangenheit ist mir nicht wichtig. Ich bin jetzt hier, mit dir, und das ist alles, was für mich zählt", sagte er und zog sie an sich, dann beugte er sich hinunter zu ihr, um ihr einen kleinen Kuss auf ihre Nasenspitze zu geben.

„Geht mir genauso. Möchtest du einen Bademantel? Es ist kalt hier drin", sagte sie und stand auf.

„Ich bezweifle, dass du einen in meiner Größe dahast", kicherte er.

„Aber das habe ich", sagte sie und holte zwei Bademäntel aus dem Schlafzimmer. Sie warf ihm einen blauen zu und zog selber den pinken an.

Grey schaute erst auf das Kleidungsstück in seinen Händen und dann zu ihr.

„Bei dir gehen so viele Männer ein und aus, dass du einen Bademantel für sie bereithältst?"

„Und inwiefern geht dich das etwas an?"

„Ich wollte nur wissen, worauf ich mich hier einlasse", antwortete er und zog den Mantel an.

„Du denkst doch nicht, dass ich im Zölibat lebe, oder?"

„Darüber habe ich nicht nachgedacht."

„Ich habe ... Bedürfnisse, wie du auch. Ich wette, du hast die letzten zehn Jahre damit verbracht, mit jeder Frau zu schlafen, die nicht bei drei auf dem nächsten Baum war."

Sie konnte förmlich sehen, wie ihm die Hitze in die Wangen schoss.

„Dachte ich's mir doch. Ein Mann wird nicht so erfahren wie du durch Bücher oder Pornos!"

„Und du?", fragte er.

„Eine Frau redet über sowas nicht. Ich bin keine Schlampe, aber ich habe gesunde ... Triebe ... Wünsche ... wie auch immer du es nennen willst. Meine Vergangenheit ... du hast gesagt, die Vergangenheit ist dir nicht wichtig. Es ist das Jetzt, mit dir, was zählt", sagte sie und schlang ihren Arm um seine Hüfte.

„Na gut", sagte er und küsste sie.

„Gut. Lass uns noch ein bisschen schlafen", sagte sie und verteilte die glühenden Kohlen im Kamin, dann nahm sie seine Hand.

„Ich bleibe über Nacht?"

„Möchtest du nicht?"

„Versuch doch, mich loszuwerden", sagte er und zog sie an sich für eine Umarmung und einen Kuss.

Sie löste sich von ihm, drehte das Licht im Wohnzimmer herunter und führte ihn ins Schlafzimmer, wo sie ihm eine brandneue Zahnbürste aushändigte, welche sie aus ihrem Medizinschränkchen genommen hatte.

„Das auch noch? Du bist anscheinend für Übernachtungsgäste gut vorbereitet."

Sie errötete.

„Ich mag es, wenn meine Männer sich wohlfühlen."

„Süße, wenn ich mich noch mehr wohlfühle, wohne ich bald hier", flüsterte er in ihr Ohr, dann küsste er ihren Nacken.

GREYS TELEFON KLINGELTE und er bewegte sich widerstrebend von Carrie fort, um darauf zu schauen. Jenna.

„Was'n los?", fragte er.

„Nichts. Ich rufe nur an, um herauszufinden, wie die neue Kandidatin sich so macht, was deine Anforderungen betrifft", neckte sie ihn.

„Jenna, die Zeit ist für so eine Frage gerade ungünstig."

„Uuuuuuungünstig, soso", sagte sie und lachte. „Habe ich dich dabei erwischt, wie ihr ...?"

„Nicht so wirklich." Grey lief herum, während er telefonierte, mit gesenktem Kopf. Er schaute zu Boden.

„Aber du bist bei ihr, oder?"

„Ja."

„Und du kannst gerade nicht reden."

„Richtig." Er konnte einen Hauch von Verärgerung nicht aus seiner Stimme heraushalten.

„Ach herrje. Jetzt habe ich dich genau da, wo ich dich haben wollte. Also, bist du schon alle *drei* Punkte auf der Liste mit ihr durchgegangen?", kicherte Jenna in ihren Hörer.

„Ich werde auf diese Frage nicht weiter eingehen", sagte er und drehte Carrie seinen Rücken zu, als er Hitze auf seinen Wangen fühlte.

„Oh, ich verstehe. Du *hast* also. Und, wie war's?"

„Jenna!"

„Komm schon, du kannst es mir doch sagen ... Großartig, fantastisch, furchtbar? Immerhin warst du es, der mich gefragt hat, ob ich meinen Mann um Sex betteln lasse."

„Bye, Jenna. Wir sehen uns in ein paar Wochen."

„Nein, warte! Okay, okay. Sag mir einfach nur, ob es gut läuft. Ist es ... könnte sie ... die Eine sein?"

„Könnte sie. Ich muss jetzt", sagte er und legte auf, begierig darauf, den bohrenden Fragen seiner Schwester zu entkommen.

„Du hattest da ein ganz schön kryptisches Gespräch mit deiner Schwester ... *wirklich* deiner Schwester?"

„Du denkst doch nicht, da war gerade eine andere Frau am Apparat, oder?"

„Und? War es so?" Sie legte ihren Kopf auf die Seite und stellte sich fest auf den Boden.

„Natürlich nicht! Soll ich sie zurückrufen, damit du mit ihr reden kannst?"

„Nein, ich glaube dir", sagte Carrie und hob ihre Hände.

„Gut."

„Also, worum ging es denn bei deinen einsilbigen Antworten?"

„Jenna ist neugierig, das ist alles."

„Neugierig auf was?" Carrie glitt wieder aufs Bett und setzte sich im Schneidersitz darauf hin.

Grey zögerte und schaute auf seine Hände, dann in Carries Augen. „Auf dich", gab er zu.

„Mich? Jenna weiß über mich Bescheid? Warum? Wie? Über *mich*? Wirklich?" Carrie setzte sich kerzengerade hin und hustete zweimal.

Er nickte.

Sie wurde rot und sagte kein Wort mehr. Eine schwere Stille senkte sich über den Raum.

„Deine Familie kennt mich also schon?", fragte sie wieder.

„Sollte ich denn ein dunkles Geheimnis aus dir machen?"

„Nein, eher nicht."

„Ich und meine Familie, wir stehen uns sehr nahe. Wie reden ... oft. Ist das ein Problem für dich? Du redest nie über die Männer, die du datest, mit deiner Familie oder deinen Freunden?"

„Das habe ich nicht gesagt."

„Oh ... also redest du *tatsächlich* über Männer. Auch über mich?"

Sie schüttelte ihren Kopf, dann hielt sie in der Bewegung inne.

„Naja, vielleicht habe ich dich gegenüber meiner Tante erwähnt ... ein- oder zweimal, und da ist noch meine Freundin Rosie im Büro."

„Und ich habe dich Jenna gegenüber erwähnt. Damit sind wir quitt."

„Warum hast du das getan?"

Grey trat näher an sie heran und zog sie vom Bett in seine Arme.

„Weil du was Besonderes bist, Carrie", gestand er ihr und schloss die Augen dabei.

Carrie lächelte ihn an und verschwand dann im Badezimmer. Grey ging nach ihr hinein. Er öffnete die Schlafzimmertür und fand sie bereits im Bett liegend, das Licht gedimmt. Er schlüpfte neben ihrem nackten Körper unter die Decke und rollte sich neben ihr zusammen. Dann nahm er sie in seine Arme.

„Ich habe auf mein Handy geschaut, als du im Bad warst."

„Und, irgendwelche wichtigen Anrufe, die du verpasst hast, als wir Liebe gemacht haben?", wisperte er und küsste ihre Schulter.

„Eine Textnachricht."

„Ach so?", fragte er, setzte sich auf und schaute zu ihr.

„Von Paul Marcel. Er möchte mein Buch herausbringen."

„Das ist ja großartig! Gratuliere, Carrie!", sagte er und beugte sich zu ihr für einen Kuss.

„Du hattest doch nicht etwa was damit zu tun, oder?", fragte sie und drehte sich zu ihm herum, damit sie ihm ins Gesicht sehen konnte.

„Ich? Auf keinen Fall. Da geht's ums Geschäft. Egal, wie sehr ich dich mag, ich kann die Lektoren nicht bei ihren Entscheidungen beeinflussen, welche Bücher verlegt werden. Das ist allein Pauls Gebiet. Er würde dir keinen Vertrag anbieten, wenn er nicht daran glauben würde, dass sich das Buch gut verkaufen wird. Ich bin stolz auf dich."

Sie lächelte ihn an. Er nahm wieder seine alte Position im Bett ein und kuschelte sich an sie. Sie drehte sich noch einmal zu ihm herum, um ihm einen Gute-Nacht-Kuss zu geben, dann legte er seine Arme um sie, und sie glitten sanft in einen tiefen Schlaf.

Kapitel Zehn

Von dieser ersten Nacht an, in der sie miteinander geschlafen hatten, waren sie unzertrennlich. Er blieb am nächsten Tag bei ihr und sie liebten sich noch dreimal. Als das nächste Wochenende heranrückte, hatte er drei von fünf Nächten bei ihr verbracht und Greys Zahnbürste war bereits in Carries Badezimmer eingezogen. Wenn sie spät von der Arbeit heimkehrte, erwartete sie eine warme Mahlzeit, sein liebevoller Umgang und eine von Greys Fußmassagen, die er wie kein anderer beherrschte.

Es war Dienstag, und Grey hatte wenig zu tun. Er hielt bei Zabar's Spezialitätengeschäft, als er auf dem Weg zu Carries Wohnung war. Es herrschten angenehme Temperaturen, daher nahm er sich Zeit und ging zu Fuß. Dabei passierte er das spleenige Antiquariat, spezialisiert auf schwer zu beschaffende Bücher, das Kaufhaus Filene's Basement und mehrere kleine Läden und einen Feinkostladen auf seinem Weg zur 78th Street.

Er umrundete die letzte Abbiegung zu ihrem Apartment, die Arme voll beladen mit Einkaufstaschen aus Zabar's – kalter pochierter Lachs, riesige gekochte Shrimps in Cocktailsauce, gegrilltes Gemüse und ein kleiner David's-Käsekuchen zum Dessert. Er stieg die Treppe hoch und pfiff ‚I Can't Smile Without You' vor sich hin, ein breites Grinsen auf seinem Gesicht. Als er die Einkäufe abstellte und seine Hand auf den Türknauf legte, schwang die Tür ein wenig auf. Überrascht trat Grey einen Schritt zurück und bereitete sich auf einen Kampf mit einem Eindringling vor.

Als er nichts weiter aus der Wohnung hörte, stupste er die Tür mit seinem Finger an, angespannt und bereit, dass sich jemand jede Sekunde auf ihn stürzen könnte, als eine Stimme aus dem Apartment drang. Eine weibliche Stimme.

„Nimm die Hände runter oder ich schieße!"

Grey tat, wie ihm befohlen wurde und trat langsam über die Schwelle. Er scannte seine Umgebung ab. In der Ecke bei dem offenen Fenster, das zur Feuertreppe hinausging, stand eine attraktive Frau in ihren Fünfzigern, offensichtlich bereit für einen schnellen Abgang. Ihr dunkelbraunes Haar war kurz und stylish geschnitten. Das kunstvoll aufgetragene Make-up ließ sie fünf Jahre jünger wirken. Ihr Kleidergeschmack war gut und teuer, ein Seidenkleid von Armani mit hellem schokobraunem Print, welches ihre helle Haut gut zur Geltung brachte. Ihre langen Fingernägel waren in einem dunklen Rosa lackiert und ihre High Heels bestanden aus tiefbraunem Schlangenleder. Sie hielt eine Dose Pfefferspray auf ihn gerichtet. Obwohl ihre Hand leicht zitterte, stand sie fest und entschlossen da.

„Ich meine es ernst!" Sie streckte ihren Arm aus und zielte mit dem Spray auf seine Augenpartie.

„Das glaube ich Ihnen. Und ich habe Angst. Sehe ich aus wie ein Einbrecher?" Grey versuchte, das Lächeln von seinem Gesicht zu verbannen.

„Die meisten Männer, die Sachen von Brooks Brothers tragen, tun das wohl nicht. Aber man weiß ja nie", sagte sie, und hielt die Dose weiter auf ihn gerichtet.

„Darf ich fragen, wer Sie sind?", fragte er und ließ seine Arme sinken, bis sie ihm mit einem Winken mit der Dose zu verstehen gab, dass er sie oben lassen sollte.

„Ich heiße Delia Tucker. Ich bin Carries Tante. Aber die Preisfrage ist: Wer sind Sie?"

„Grey Andrews, ihr, äh ... Freund", sagte er und verzog sein Gesicht bei dem unpassenden Wort.

„Sie sind ihr neuer Partner?" Ein Lächeln wanderte über Delias Gesicht.

Grey errötete bei dieser Andeutung auf ihre intime Beziehung und nickte. Delia ließ ihre Waffe sinken.

„Ich schätze, Sie sind okay", sagte sie und steckte den Deckel wieder auf die Dose, um sie wieder in ihrer Gucci-Handtasche zu verstauen.

Grey ging noch einmal in den Hausflur hinaus, um die Einkäufe hereinzuholen. Dann schloss er die Tür. Als er sich wieder herumdrehte, starrte Delia ihn mit einem abschätzenden Blick an.

„Hmm. Jacke und Hose von Brooks Brothers. Das Hemd eventuell von L.L. Bean? Die Schuhe sind von Gucci, die würde ich überall erkennen", sagte sie und setzte sich auf eines der Sofas neben dem Kamin.

„Entschuldigen Sie mich einen Moment", sagte Grey und zog sich in die Küche zurück, um die Taschen auszupacken und die Einkäufe zu verstauen.

Delia schlenderte ihm nach und blieb bei der Arbeitsplatte stehen.

„Wenn du – ich kann doch du sagen? – schon mal hier bist, weißt du, wie man einen Cosmopolitan mixt?", fragte sie und hob ihre heftig getuschten Wimpern, um ihre Augen noch größer zu machen.

„Ja. Hat Carrie alles dafür da?"

„Vermutlich nicht. Dieser Schrank ist zu klein für eine große Auswahl", sagte Delia und wühlte sich durch Carries Vitrine mit den hochprozentigen Getränken.

„Kann ich dir vielleicht etwas anderes zubereiten?", fragte Grey und holte zwei Longdrinkgläser aus dem Schrank.

„Es ist warm ... Wie wär's mit einem Wodka Tonic? Hat sie Limette da?"

„Ja. Erst gestern gekauft. Wodka Tonic ist einer meiner Lieblings-Drinks." Grey öffnete den Kühlschrank und pickte eine Limette heraus.

Delia trat zurück, damit er an die Vitrine herankam. Er zog die nötigen Flaschen hervor und drückte einige Eiswürfel aus einem Behälter. Innerhalb von fünf Minuten überreichte er Delia ein mattes Glas mit ihrem Drink und bedeutete ihr, sich mit ihm ins Wohnzimmer zu begeben.

„Delia ... Carrie hat dich erwähnt, aber sie hat mir nicht viel von dir erzählt ..."

„Vielleicht deswegen, weil ihr nicht allzu viel Zeit mit Reden verbringt", grinste sie.

Grey schaute auf seinen Drink, als eine vertraute Wärme in ihm aufzusteigen begann.

„Ach, komm. Du gehörst doch jetzt zur Familie, ich mach doch nur Spaß! Sie hat viel mit mir über dich geredet. Ich bin ihre Tante, war mit ihrem Onkel verheiratet, Jackson Tucker, Gott habe ihn selig, zweiundzwanzig Jahre lang. Bin nun seit fünf Jahren verwitwet." Delias Augen wurden feucht und sie richtete ihren Blick aus dem Fenster.

„Das tut mir leid."

„Ich bin mein ganzes Leben lang im Modegeschäft gewesen. Hatte eine wundervolle Ehe, aber keine Kinder. Jetzt habe ich Carrie. Sie ist vielleicht nur meine Nichte, aber für mich wie eine Tochter ... vor allem, da ihre Eltern so weit weg wohnen."

„Ich bin froh, dass sie wenigstens ein Familienmitglied so nah bei sich weiß."

„Und ich wollte dir noch sagen ... Wenn du ihr Herz brechen solltest ... Wenn du ihr Probleme machst, bekommst du auch Probleme, mit mir", sagte Delia mit blitzenden Augen.

Grey lachte so sehr, dass er fast seinen Drink verschüttete.

„Warum denkst du, dass ich ihr Herz brechen würde?"

„Du bist doch ein Mann, oder nicht?" Delias Augen verengten sich.

„Autsch!"

„Das war vielleicht ein bisschen extrem, aber ich mag Carrie sehr. Sie ist was Besonderes."

„Und ob! Sie ist großartig." Er nahm einen weiteren Schluck seines Drinks, aber ließ Delia nicht aus den Augen.

„Also, warum bist du zu dieser späten Stunde hier und was hast du ihr mitgebracht?", fragte sie und schlug ihre langen Beine übereinander.

„Ich habe etwas zu Essen mitgebracht, so wie an den meisten späten Abenden zurzeit. Du bist herzlich eingeladen, zu bleiben und uns Gesellschaft zu leisten ... Magst du kalten Lachs und Shrimps?"

„Hmm, aber sicher! Ich habe die Tasche von Zabar's gesehen. Bringst du ihr immer was mit?"

„Sie arbeitet derzeit fast rund um die Uhr an einem besonderen Projekt ihrer Agentur. Ich komme früh raus, wenn ich nicht gerade vor einem wichtigen Vertragsschluss stehe ... Also füttere ich sie gerade mit durch", erklärte er, als er seinen Drink leerte.

„Da hat sie aber Glück, dass sie dich hat! Ich würde gerne bleiben und mitessen, aber ich muss bald los. Die Eröffnung einer neuen Kunstgalerie. Ich wollte Carrie eigentlich mitnehmen ... Sie arbeitet derzeit so hart. Aber ich bin mir sicher, dass sie den Abend lieber mit dir verbringen würde."

„Vielleicht sollte sie lieber mitgehen ...", begann er in seinem Versuch, diplomatisch zu sein.

„Nonsens. Sie wird hier eine schönere Zeit mit dir haben. Ich habe mir sagen lassen, deine Fußmassagen sind der Himmel auf Erden", sagte Delia und sah ihn prüfend an.

Grey überspielte seine Verlegenheit, indem er aufstand, um sein leeres Glas in die Spüle zu stellen.

„Noch ein Drink?", fragte er und ignorierte absichtlich ihren Kommentar.

„Bei der Eröffnung wird noch genug Alkohol fließen. Einer reicht", sagte sie und stürzte den Rest hinunter. Dann überreichte sie ihm ihr Glas.

Grey schaute auf seine Uhr.

„Carrie sollte in einer halben Stunde zu Hause sein. Gerade genug Zeit, ein wenig sauber zu machen und alles anzurichten", sagte er und holte einige Teller aus dem Küchenschrank, um sie zu Carries winzigem Esstisch zu bringen.

„Du hast ihr wirklich ein Abendessen mitgebracht, hmm?"

„Jupp."

Delia stand auf und ging zur Küche.

„Lass mich die Platzdecken für dich holen", sagte sie.

ACHT UHR FÜNFZEHN DREHTE Carrie den Türknauf ihres Apartments und erlebte eine Überraschung, als sie eintrat. Ihre Tante und Grey lachten und redeten wie alte Freunde.

„Ich muss gehen ...", sagte Delia, als sie auf ihre Uhr von Movado schaute.

„Ich dachte, du würdest doch noch bleiben. Wir haben den Tisch für drei gedeckt." Grey legte ihr seine Hand auf den Arm.

„Drei sind einer zu viel."

„Bitte bleib, Delia. Ich bekomme dich sonst nie zu Gesicht", sagte Carrie und warf Grey einen verhohlenen Blick zu.

„Bitte. Wir meinen es ernst", beharrte Grey und zog sie an ihrem Ellbogen zurück in die Wohnung.

„Tja, ihr lasst mir wohl keine andere Wahl", sagte Delia mit einem breiten Lächeln und begab sich aufs Sofa. „Da haben wir sicher noch Zeit für einen klitzekleinen Drink."

Kapitel Elf

Grey ging früh ins Büro, um seine Post durchzusehen. Er hatte in letzter Zeit nicht besonders hart gearbeitet. Morgen war der erste November und bis zum Januar standen keine Entscheidungen bezüglich der Investitionen in neue Unternehmen an. Daher war er nur mit dem Zusammentragen von Informationen beschäftigt – er konnte es also etwas gemächlicher angehen lassen. Sein Partner, John Whitaker, und dessen Ehefrau Rene würden den Dezember ohnehin in der Karibik verbringen. Die ersten zwei Januarwochen dagegen würden hektisch werden: Max und Susan würden ihre Rechercheergebnisse präsentieren, John und Grey sie verdauen und dann entscheiden, welche Firmen sie kontaktieren würden.

Aber jetzt – jetzt hatte er Zeit für Carrie. Also genoss er es, sich ausgiebig um sie zu kümmern und sie zu verwöhnen. Er fühlte sich wie im siebten Himmel. In seinem Stuhl angelehnt öffnete er seinen Starbucks-Kaffee und las die Briefe, die auf seinem Schreibtisch gestapelt waren. Einer der Umschläge war dick und schwer. Eine Einladung.

Er riss den Umschlag auf und fand darin die Einladung zu der jährlichen Spendengala des American Museum of Natural History. Grey war im Vorstand einer Wohltätigkeitsstiftung, die er mit seinen drei besten Freunden aus Collegezeiten gegründet hatte. Sie nannten sie die 'Stiftung der Vier Reiter' und jedes Mitglied musste bei Eintritt einhunderttausend Dollar beisteuern, danach wurden jährlich zwanzigtausend Dollar als Spende erwartet. Grey investierte das Geld und sie zahlten jedes Jahr vierzigtausend Dollar an verschiedene wohltätige Organisationen aus. Daher wurden sie von allen gemeinnützigen Organisationen zu ihren Spendenveranstaltungen eingeladen.

Die Benefizveranstaltung des Naturkundemuseums war dabei sein Favorit, und die einzige, die von allen vier Reitern besucht wurde. Er ließ die Einladung gedankenverloren gegen seine Hand schnappen. Das wäre doch die perfekte Gelegenheit, Carrie seinen Freunden vorzustellen, ohne dass es zu formell wurde. Er musste lächeln, als sich dieser Plan in ihm formte. Perfekt. Als Susan ihren Arbeitstag antrat, ließ er sie in sein Büro kommen.

„Ich möchte, dass Sie dieser Einladung für mich zusagen. Ich weiß, wir sind schon hinter der Deadline, aber ..."

„Das habe ich bereits getan, Mr. Andrews."

„Tatsächlich?"

„Sie gehen doch jedes Jahr zu diesem Event, daher ging ich natürlicherweise davon aus, dass Sie auch dieses Jahr keine Ausnahme machen würden. Da Sie so, nun ja, beschäftigt waren mit anderen Angelegenheiten, habe ich es mir erlaubt, Sie bereits anzumelden. Zusammen mit einem weiteren Gast. Ich nehme an, Sie werden Ms. Tucker mitnehmen?"

„So sieht der Plan aus. So viel Voraussicht sollte Ihnen eine Gehaltserhöhung einbringen, Susan", kommentierte Grey und lachte leise.

„Kann ich Sie da wörtlich zitieren?", fragte sie lächelnd.

Sie verließ sein Büro und Grey nahm sein Telefon, um Carrie anzurufen.

„Im Naturkundemuseum wird es morgen Abend eine tolle Party geben. Eine Wohltätigkeitsveranstaltung, die dort jedes Jahr stattfindet. Denkst du, du könntest mit mir dorthin gehen?"

„Morgen, also Mittwoch, hmm? Lass mich mal nachsehen."

Einige Minuten war am anderen Ende der Leitung nur Stille zu hören.

„Wäre es okay, wenn ich nicht vor acht Uhr oder so da sein könnte?"

„Sicher. Sag mir, ab wann du Zeit hast, und ich schicke einen Wagen zu dir. Du kannst mich dann dort treffen."

„Klingt gut. Lass mich mal schauen, ob ich Dennis überreden kann. Bis später, Baby."

Grey ließ sich in seinen Schreibtischstuhl sinken, legte seine Füße auf den Tisch und starrte aus dem Fenster. *Kann das Leben noch schöner werden, als es jetzt ist?*

GREY SCHWEBTE WIE AUF Wolken. Carrie verzehrte sich nach ihm genauso wie er nach ihr, was die Liste vollständig machte. Er konnte einfach nicht genug von ihr bekommen. Es war eine Qual gewesen, so lange auf die richtige Frau zu warten, und nun, da er sie gefunden hatte, wollte er jede freie Minute mit ihr verbringen. An Arbeitstagen ging er um sechs Uhr abends zu ihrem Apartment und kochte Abendessen oder brachte Take-Away mit. Wenn Carrie dann Stunden später ankam, massierte er ihr die Füße, fütterte sie und hatte Sex mit ihr. Sein Herz machte jedes Mal einen Sprung, wenn ihr müder Gesichtsausdruck sich in ein warmes Lächeln verwandelte, wenn sie die Tür öffnete und von ihm mit einem Kuss begrüßt wurde.

Grey war verliebt, bis über beide Ohren, und er plante, Carrie über das Wochenende mit zu einer Hütte in den Bergen zu nehmen, wo sie zusammen mit Jenna und Bill den Blättern bei ihrem Farbwechsel zuschauen konnten. Er nahm sein Telefon zur Hand und rief seine Schwester an. Er musste noch einmal mit ihr reden, um den Plan festzumachen und mit ihr über Thanksgiving zu sprechen.

„Jenna, ist bei euch alles fertig für unseren Trip in die Berge?", fragte er, sobald sie den Anruf angenommen hatte.

„Warum musstest du so lange warten, bis es kalt und grau ist?", grummelte Jenna.

„Es wird wundervoll werden. Ein großartiges Wetter, um ein bisschen zu kuscheln ... Oder läuft das bei dir und Bill seit eurer Hochzeit nicht mehr so?"

„Geht dich doch nichts an! Also, wie sieht's denn nun bei dir und Carrie mit dem dritten Punkt deiner Liste aus?"

„Willst du das wirklich wissen? Denn ich kann dir sagen, Carrie ist ..."

„Das reicht! Stop. TMI, Grey. Too Much Information."

Er lachte in den Hörer.

„Also, wie läuft es denn nun? Die ganze Sache mit ihr?", fragte Jenna.

„Ich werde sie zu Thanksgiving einladen", warf Grey ihr hin.

„Was?"

„Ganz recht. Sie wird uns begleiten ... hoffe ich."

„Du hast noch nie eine Frau zu Thanksgiving zu uns eingeladen. Sie muss dir bei dem dritten Punkt unserer Heiratsliste ordentlich den Kopf verdreht haben, was?"

„Ich habe dir ja angeboten, dir ausführlich davon zu berichten, aber du wolltest ja nicht ..."

„Immer noch nicht. Also wirst du sie tatsächlich zu Thanksgiving mitbringen."

„Das habe ich so gesagt. Hörst du nicht mehr so gut?"

„Wissen Mom und Dad schon davon?"

„Noch nicht. Das gehe ich besser langsam an ..."

„Machst du Witze? Das möchte ich nicht verpassen, da würde ich gerne Mäuschen spielen."

„Dann erzähle ich dir nichts davon, wenn ich sie anrufe."

„Ach, komm schon, Grey."

„Schmollst du wieder? Dagegen bin ich immun", kicherte er.

„Das war nicht immer so."

„Damals war ich naiv. Jetzt weiß ich, dass du das nur machst, um deinen Willen zu kriegen. Das funktioniert nicht mehr. Halt dich raus, Jenna." Grey begann, in seinem Büro umherzuwandern.

„Okay, okay. Aber du erzählst mir hinterher, was sie gesagt haben, ja?"

„Sie werden sagen: ‚Oh, wie nett, Grey. Wir würden uns freuen, sie kennenzulernen'", imitierte Grey die Stimme ihrer Mutter.

„Ja, aber du weißt, dass sie vor Neugierde platzen wird. Sobald du aus der Tür heraus bist wird sie einen Salto machen, genau wie Dad. ‚Wird Zeit, dass unser Sohn endlich sesshaft wird …'. Ich kann ihn regelrecht hören."

Grey lachte.

„Ich möchte zusehen, wie du deine Heiratsliste zerreißt, Grey. Und dann geh ich einkaufen, ein Kleid für deine Hochzeit."

„Das komm noch. Hetz mich nicht."

„Bill ist da. Ich muss auflegen."

„Oh? Zeit für Punkt Drei?", kicherte er.

„Du bist unmöglich. Bye", sagte Jenna und legte auf.

CARRIE GRIFF SICH IHRE Handtasche und rannte zum Aufzug. Greys Wagen würde draußen schon auf sie warten. Sie stieg ein und rief ihn an. Die Geräuschkulisse der Party zwangen ihn nach draußen, wo sie endlich in Ruhe miteinander reden konnten.

„Du sitzt schon im Auto?"

„Ja, wir sehen uns bald."

„Gut. Die drei anderen Reiter sind schon hier, und ich möchte dich ihnen gern vorstellen."

„Oh, nein! Die vier apokalyptischen Reiter, zusammen?"

„Wir treffen uns immer auf dieser Party. Ich möchte, dass ihr euch kennenlernt."

„Dann muss ich mich noch umziehen. Ich sage dem Fahrer, dass er kurz bei meinem Apartment halten soll. Es wird nicht lange dauern. Ich kann sie in diesem Aufzug nicht treffen."

„Aber, Carrie, ich bin sicher, du ..."

Sie legte auf und lehnte sich nach vorn zum Fahrer.

„Wir müssen noch einen Zwischenstopp einlegen."

Sie gab ihm die Adresse und stellte in ihrem Kopf eine Liste der Sachen zusammen, die derzeit gereinigt und gebügelt in ihrem Schrank hingen.

Die dunkle Limousine fuhr über das Kopfsteinpflaster, welches unter dem gigantischen rosa Steinbogen des American Museum of Natural History hindurchführte. Eine Rotunde vor dem Bogen war angefüllt mit perfekt getrimmten winzigen Hecken und Ansammlungen von Ringelblumen und Zinnien in den Farben des Herbstes, Orange und Gold.

Grey lief vor dem Seiteneingang des Museums auf der 77th Street auf und ab, als der Wagen sein Ziel erreichte. Er lief zu ihnen und hielt ihr die Tür auf.

„Carrie, ich dachte, ich ...", fing er an, aber konnte nicht weitersprechen. Er starrte sie an.

Sie trug ein cremefarbenes, mit fein gestrickter Kaschmirwolle gefüttertes Kleid. Die Ärmel waren kurz und der Ausschnitt tief und stellte ihr Dekolletee großzügig zur Schau. Es schmiegte sich an sie wie eine zweite Haut. Um ihren Hals hing eine schwere goldene Halskette, das dazugehörige Armband klimperte mit einem weiteren an ihrem Handgelenk. Kleine goldene Creolen wurden sichtbar, als sie ihr üppiges Haar nach hinten warf. Lederne Stöckelschuhe in dunklem Orange näherten ihre Größe der von Grey an, welcher sie dennoch deutlich überragte. Getuschte Wimpern, ein Hauch von Rouge und korallenroter Lippenstift reichte ihr als Make-up vollkommen aus. Eine winzige Clutch, passend zu der Farbe ihrer Schuhe, und ein Mantel aus schokoladenbraunem Taft vervollständigten ihre Garderobe. Grey stand mit offenem Mund da. Carrie lächelte ihn an und schlug die Autotür hinter sich zu.

„Bin ich zu spät?", fragte sie mit einem schelmischen Zwinkern in den Augen.

„Oh mein Gott", murmelte er, als er wieder zu Atem gekommen war.

„Was?", fragte sie und tat so, als wüsste sie nicht, was er meinte.

„Du sieht ... du siehst ... bezaubernd aus. Bezaubernd, Carrie."

Sie gab ihm einen kleinen Kuss auf die Wange, dann hakte sie sich bei ihm ein und ging mit ihm Richtung Tür. Sie traten in die große Eingangshalle, gefüllt mit Bronzebüsten der Gründer des Museums. Sie konnten entferntes Gelächter und das Klirren von Gläsern aus den Ausstellungsräumen hören, wo die Party stattfand.

„Diese Richtung?", fragte sie und folgte den festlichen Geräuschen.

Er nickte und folgte ihr, während er keine Sekunde seinen Blick von ihr abwandte.

„Bezaubernd", wiederholte er, als sie lachte.

FESTLICHKEITEN WURDEN im Naturkundemuseum üblicherweise im großen Ausstellungsraum im ersten Stock begangen. Die Ausstellungsstücke wurden in großen Glaskästen an den Wänden ausgebreitet, wodurch die längliche Mitte der Halle vollkommen frei war. An beiden Enden des langen Gangs waren Buffets mit Speisen und Getränken aufgestellt und erlaubten es den Gästen damit, durch die Ausstellung zu wandern, sich zu unterhalten und sich gemeinsam die Exponate anzuschauen, um dann auf der anderen Seite ihre Drinks und Teller wieder aufzufüllen. Oft wurde auch ein Film über den Fortschritt bei der Planung zukünftiger Ausstellungen auf der IMAX-Leinwand des Museums gezeigt, sodass die Sponsoren auch sehen konnten, wie ihre zur Verfügung gestellten Mittel eingesetzt wurden.

Carries High Heels klackerten auf dem polierten Boden aus dunklem Marmor, als sie sich auf das Buffet zubewegte. Da sie an Greys Arm hing, mussten die drei anderen Reiter sie bemerken. Will, Spence und Bobby standen zusammen, redeten und lachten miteinander, als Spence Grey mit Carrie entdeckte. Er verstummte und starrte Carrie an, als sie näherkam, dann stupste er Will zu seiner Linken mit dem Ellbogen an. Will und Bobby drehten sich herum und folgten seinem Blick.

„Carrie, das sind Spence, Will und Bobby ... die anderen drei Reiter. Leute, das ist Carrie Tucker."

Die Männer murmelten eine Begrüßung, als sie Carrie von oben bis unten betrachteten, mit einem Ausdruck, den sie eher in einer Bar erwartet hätte als von Greys Freunden. Sie fühlte sich unbehaglich. Grey zog sie ein wenig näher an sich. Schließlich nahm Spence Carries Hand und führte sie zur Bar.

„Carrie, erzähl mal. Wie lang seid ihr beiden denn schon ... zusammen?"

„Ein paar Monate, denke ich."

„Wo hattest du sie denn versteckt, Grey?", fragte Will.

„Ein paar Monate? Hmm. Dann erfüllst du wohl die Kriterien auf der Liste", sagte Spence und ließ ihre Hand los.

„Grey würde niemals so lange mit einer Frau ausgehen, die diesen Test nicht besteht ...", sagte Bobby.

„Leute, hey, Moment mal! Gebt ihr doch ein bisschen Raum zum Atmen", sagte Grey, nahm Carries Hand und zog sie weg.

„Liste?", fragte Carrie und hob ihre Augenbrauen, als sie Grey anblickte.

„Ich habe keine Ahnung, wovon er redet. Lass uns etwas zu Essen besorgen. Ich sterbe vor Hunger", sagte Grey und nahm ihren Ellenbogen.

Er manövrierte Carrie weg von den anderen Reitern zu dem vollbeladenen Buffet. Dort stellte er sie der Entwicklungsleiterin des Museums, Lila Samuels, vor.

„Grey hat mir erzählt, dass Sie in der Werbebranche arbeiten? Wir könnten noch ein wenig Hilfe bei unserer Spendenkampagne über die Feiertage gebrauchen. Wir müssen dieses Jahr höhere Zielvorgaben erreichen."

„Haben Sie keine Agentur?"

„Wir können keinen Auftrag aus unserem Budget bezahlen, Carrie. Jede Agentur, die für uns arbeitet, tut das umsonst. Manchmal hat das negative Auswirkungen. Sie können nicht immer so viel Zeit für uns erübrigen, wie wir uns das wünschen."

„Ich würde mich gerne einmal zum Mittagessen treffen und ein paar Ideen austauschen."

„Das wäre fantastisch!"

Während die Frauen sich über ihre Kalender beugten, um einen Termin auszumachen, ging Grey zu seinen Freunden.

„Hey, wer hat dir gesagt, du sollst ihr gegenüber die Liste erwähnen?"

„Hey, tut mir leid. Weiß sie denn nichts davon?", antwortete Spence.

„Würdest du einer Frau davon erzählen, an der du interessiert bist?"

„Nein, würde ich nicht. Aber ich hatte nie so eine Liste", sagte Spence und hob sein Weinglas an die Lippen.

„Vielleicht wärst du heute glücklicher, wenn du eine gehabt hättest", schoss Grey zurück.

Spences Lächeln verschwand. „Du beleidigst Susan? Möchtest du mit mir vor die Tür gehen und das nochmal sagen?" Wut flackerte in seinen Augen.

„Ich habe damit gar nichts sagen wollen, bitte vergiss es einfach, Spence. Du hast dich immer über sie beschwert. Vielleicht, wenn du eine Liste gehabt hättest, dann würdest du heute eine Frau mit all den Eigenschaften haben, die dir wichtig sind."

„Du bist verrückt", sagte Spence und wandte sich von seinem Freund ab.

„Bin ich das? Ich habe mit Carrie all das bekommen, was ich mir wünsche."

Die drei Männer hielten inne. Will und Bobby lächelten ihn an.

„Wird auch Zeit. Wann ist denn die große Hochzeit?", fragte Will.

„Ich habe sie noch nicht gefragt."

„Warum nicht?" Bobby drehte sein leeres Weinglas in seinen Händen.

„Es ist alles noch so frisch. Ich wollte bis Jahresende warten, nur um sicherzugehen", sagte er und fühlte, dass er ein wenig rot wurde.

„Nichts für ungut, Grey. Ich wusste nicht, dass es dir so ernst ist", sagte Spence und streckte ihm seine Hand hin.

„Ja, ich entschuldige mich auch. Susan ist großartig. Bitte lasst diese Sache mit der Liste unter uns bleiben", sagte Grey, als er Spences Hand schüttelte.

„Wenn du dein dunkles Geheimnis für dich behalten wolltest, hättest du nicht Bobby und Spence davon erzählen sollen", kicherte Will.

„Da hast du wohl recht", sagte Grey lächelnd.

„Hat sie schon deine Familie kennengelernt?", fragte Bobby und reichte dem Barkeeper sein Glas zum Nachfüllen.

„Ich werde mit ihr und Jenna und Bill übers Wochenende verreisen. Und dann würde ich sie gerne zu Thanksgiving einladen ..."

„Thanksgiving? Okay, es ist dir wirklich ernst", sagte Will mit gehobenen Augenbrauen.

„Das heilige Thanksgiving der Andrews-Familie, durch einen Eindringling gestört. Deine Eltern werden ausflippen", sagte Spence.

„Vermutlich. Ich werde sichergehen müssen, bevor ich sie in die Höhle des Löwen einlade", vertraute Grey ihnen an.

„Warum wartest du nicht nochmal zehn Jahre, Grey, nur um *ganz* sicherzugehen? Meine Güte", grinste Bobby.

„Familie ... Das ist der ultimative Test. Verdammt, jede Frau, die so aussieht wie sie ... Wir mögen sie, richtig? Aber deine Familie ... Das ist etwas anderes", sagte Spence.

Die anderen nickten.

„Meine Mutter wird schon zufrieden sein, dass sie zwei Arme und zwei Beine hat und selbstständig atmen kann. Das sollte wirklich kein Problem darstellen", witzelte Grey.

„Wer kann atmen?", fragte Carrie, die auf einmal hinter Grey auftauchte.

„Du, Süße", bemerkte Grey, dem die Farbe in die Wangen schoss. Er legte seinen Arm um sie und hoffte, dass sie nicht mehr von ihrer Unterhaltung mitbekommen hatte als das.

„Womit verdienst du nochmal deinen Lebensunterhalt?", fragte Will, als er sein Glas zu den Lippen hob.

Grey seufzte vor Erleichterung, als Carrie anfing, mit Will über die Werbebranche zu reden.

Kapitel Zwölf

„Heute ist ein perfekter Tag, aufs Land zu fahren", sagte Grey, als er aus ihrem Fenster blickte.

„Ich hatte Glück, dieses Wochenende mal freizukriegen. Ich bin fertig", sagte Carrie und kollabierte auf einem Sofa.

„Komm schon. Pack deine Sachen, ich bin schon fertig damit. Die Gebirgsluft wird dir guttun ... Sie wird dich wiederbeleben!" Grey nahm ihre schlaffe Hand in seine und zog an ihr, in dem Versuch, sie auf die Beine zu bringen.

„Lass mir nur ein paar Minuten." Sie rollte sich auf dem Sofa zusammen und schloss die Augen.

„Möchtest du jetzt schlafen?"

Carrie öffnete ein Auge, aber machte keine weiteren Anstalten, sich zu bewegen.

„Du kannst im Auto schlafen, Liebste." Grey hob sie hoch und trug sie ins Schlafzimmer, wo er sie aufs Bett legte. „Ein paar Tage frische Landluft, mit meiner Schwester und ihrem Mann werden dir guttun." Grey setzte sich neben sie aufs Bett, nahm einen ihrer Füße und begann, ihn zu massieren.

„Hmmm, das fühlt sich gut an. Hör bloß nicht auf." Sie rieb ihren anderen Fuß an seinem Bein.

„Wenn du so weitermachst, kommen wir niemals von hier los", kicherte er.

„Wie ist deine Schwester so?" Carrie nahm ihren Fuß von seinem Bein.

„Jenna? Sie steht mir von allen in meiner Familie am nächsten. Sie neckt andere gerne. Glaub ihr nichts, was sie erzählt."

„Was, wenn sie behauptet, dass du großartig bist?"

„Ich erteile dir die Erlaubnis, das zu glauben." Er streckte seine Hand nach ihrem anderen Fuß aus.

„Oooooh. Aber ich weiß es ja schon."

Er lehnte sich zu ihr und küsste sie.

„Was, wenn sie mich nicht leiden kann?"

„Das wird nicht passieren. Sie wird dich lieben."

„Woher willst du das wissen?"

„Weil ich dich liebe, und weil sie immer geliebt hat, was ich liebte." Er hörte auf, sie zu massieren.

„Du liebst mich?" Carrie öffnete ihre Augen und setzte sich auf.

„Natürlich. Wusstest du das nicht?"

Sie schüttelte ihren Kopf. „Du hast das noch nie zuvor gesagt."

„Solltest du nicht jetzt auch etwas sagen?" Er strich ihr mit der Hand durchs Haar.

„Ich liebe dich auch. Aber das war ja sowieso klar", warf Carrie ihm hin.

„Das ist niemals sowieso klar."

Carrie zog ihn an sich, bis ihre Lippen sich zu einem flüchtigen Kuss trafen. Als sie sich voneinander lösten, sahen sie einander für einen Moment an, bis Grey sich wieder gerade hinsetzte.

„Ich gehe packen." Carrie schwang ihre Beine über die Seite des Betts.

„Okay. Wir können das ja in der Berghütte fortführen." Grey lockerte seine Krawatte und löste den obersten Knopf seines Hemds.

CARRIE WÄHLTE DIE SACHEN aus und Grey packte sie ein. Halb zwei Uhr nachmittags fuhren sie über die George Washington Bridge. Die Sonne schien klar und die Luft war kühl. Carrie schaute aus dem

Fenster und betrachtete die Blätter auf beiden Seiten des Hudson River, die gerade ihre Farbe wechselten. Grey hatte den Sportwagen perfekt unter Kontrolle und lenkte ihn auf den Palisades Parkway. Auf der Schnellstraße erwartete sie ein Farbenfest und obwohl Carrie eigentlich hatte schlafen wollen, weckte die wechselnde Szenerie ihre Aufmerksamkeit. Sie öffnete das Fenster auf ihrer Seite, schloss den Reißverschluss ihrer blauen Fleecejacke und machte es sich in ihrem Sitz gemütlich. Ein Gefühl von Zufriedenheit stellte sich bei ihr ein. Sie hatte erwartet, ängstlich der Begegnung mit Greys geliebter Schwester entgegenzusehen. Stattdessen hielten die Aufregung und ein gutes Gefühl sie wach. Er hatte recht gehabt ... einfach mal rauszukommen, ein Szenenwechsel und die frische Luft belebten sie.

Grey schaute hin und wieder zu ihr herüber und lächelte.

„Also, wo ist denn nun diese kleine Hütte?", fragte Carrie. Sie musste ihre Stimme anheben, um über dem Wind, der durch das kleine Cabrio schoss, überhaupt gehört zu werden.

„Geneva Heights, etwa eine Stunde nordwestlich von Pine Grove."

„Wir halten nicht an, um den Rest der Familie zu treffen, oder?" Sie setzte sich kerzengerade auf, Panik in ihrer Stimme.

„Ich bräuchte ein wenig Zeit und viel Alkohol, um dich darauf vorzubereiten."

Carrie seufzte vor Erleichterung. Das ginge ihr zu schnell, und sie wollte noch nicht daran denken, dass ... Dass es ernst zwischen ihnen werden könnte, wo sie doch nicht einmal wusste, wohin ihr Leben derzeit führte. Der Status Quo war in Ordnung für sie. Sie würde sich mit der Zukunft auseinandersetzen, wenn es soweit war. Sie lehnte sich zurück und betrachtete sein hübsches Profil, während er den Jaguar XK gekonnt über die Schnellstraße manövrierte.

DIE BLOCKHÜTTE STAND auf einer kleinen Waldlichtung. Ein bekiester Weg wand sich durch Bäume und hohe Sträucher, bis sie etwa dreißig Meter von dem Häuschen entfernt waren. Der Schlüssel lag über der Tür, genau, wie es der Vermieter gesagt hatte. Grey trug Carries Koffer und seine eigene kleine Tasche zu der Tür, dann öffnete er sie.

Der muffige Geruch eines lange nicht mehr gelüfteten Hauses grüßte ihre Nase, als Carrie eintrat. Sie schaute sich anerkennend um. Der Platz wurde gut genutzt. Es gab einen großen Raum mit einem beeindruckenden Kamin, der als Wohnzimmer, Esszimmer und Küche in einem fungierte. Ein großes und ein kleines Sofa standen in rechtem Winkel zu der Feuerstelle, ein quadratischer Kaffeetisch zwischen ihnen. Bei dem vorderen Fenster der Hütte stand ein Esstisch mit sechs Stühlen. Auf der gegenüberliegenden Seite war die Küche installiert. Weiße Küchengeräte und eine weiße Arbeitsfläche füllten die Länge einer ganzen Wand aus, und ein kleiner Tisch aus Eichenholz mit vier Stühlen ließ sich sowohl zum Essen als auch als Arbeitsfläche nutzen.

Hinten raus gab es zwei Schlafzimmer. Grey ging an ihr vorbei ins weiter entfernte der Zimmer, mit hellgrün gestrichenen Wänden, um ihre Taschen dort abzustellen. Carrie öffnete die Fenster, um frische Luft hereinzulassen und zog die Vorhänge zurück, um die Sonnenstrahlen zu begrüßen. Zwei Türen öffneten sich zur Küche, eine zum Badezimmer und eine zur Veranda hinter dem Haus, nach draußen.

Die Ausstattung war eine charmante Verbindung von Jagdhütte, mit Karomuster aus dunklem Grün und hellem Beige, mit Landhausstil – Tagesdecken mit weißem und fliederfarbenem Print, dazu passende Gardinen. Carrie gefiel es. Als sie fertig war, leistete sie Grey im Schlafzimmer Gesellschaft, und ließ sich als erstes rückwärts auf das Bett plumpsen.

„Ich liebe es! Es ist wundervoll, Grey! Du hattest so recht."

Er schaute von dem Koffer auf, den er gerade auspackte, und lächelte sie an. Dann ließ er sich ebenfalls auf dem Bett nieder. Er kletterte darauf, kroch zu ihr und gab ihr einen Kuss auf die rosa Lippen. Carrie schlang ihre Arme um ihn und hielt ihn fest.

„Wann kommt Jenna an?", wisperte ihm Carrie ins Ohr.

Er lächelte verrucht und antwortete: „Ich glaube nicht, dass wir noch Zeit für ein Schäferstündchen haben ... Sie kommen bald, aber wenn wir die Tür schließen ..."

„Hallo? Hallo! Jemand da? Grey?", rief eine weibliche Stimme von der Eingangstür.

„Zu spät", brummte Grey, als er sich vom Bett hochstemmte.

Er fuhr sich mit den Händen übers Haar, um sie zu glätten, als er zur Tür ging. Carrie stieg vom Bett herunter und schnappte sich ihre Handtasche, die sie nach ihrer Haarbürste durchwühlte. Als Grey durch die Schlafzimmertür trat, hörte Carrie eine weibliche Stimme.

„Habe ich euch bei etwas gestört?", fragte Jenna mit verschmitzten Augen.

„Wir sind gerade angekommen", sagte Grey und ging zu seiner Schwester.

Jenna kam ihrem Bruder entgegen und küsste ihn auf die Wange. In diesem Moment trat Carrie ebenfalls aus dem Zimmer und schüttelte ihr Haar auf. Sie trug einen rostfarbenen langärmligen Baumwollpullover mit Rundhals-Ausschnitt über hellblauen Jeans.

Jenna hielt in der Bewegung inne, musterte sie und lächelte.

„Wow, du bist sogar noch schöner, als ich es nach Greys Schwärmereien erwartet hätte ... Ich bin Jenna", sagte sie.

Carrie lächelte ebenfalls und streckte ihre Hand aus. Jenna nahm die Hand beiseite und gab ihr eine warme, feste Umarmung. Sie trug blaue Jeans, die ihre langen, schlanken Beine betonten zu einem Pullover in dunklem Türkis, der gut zu ihrem rotblonden Haar passte.

„Das gilt ebenso für dich", sagte Carrie, als Jenna sie losließ.

Sie wurden durch die Ankunft eines großen, schlanken Mannes unterbrochen. Dunkles braunes Haar, Zwei-Tage-Bart und dunkelbraun glänzende Augen. Carrie ging zu ihm und hielt ihm ebenfalls ihre Hand entgegen.

„Du musst Bill sein."

„Und du Carrie", antwortete er und schüttelte ihre Hand.

„In diesem Haus gibt es nichts zu essen", verkündete Jenna, nachdem sie der Reihe nach die Küchenschränke und den Kühlschrank inspiziert hatte. Sie warf sich wieder ihre Jacke über und schmiss ihre Autoschlüssel zu Bill.

„Wir müssen nochmal einkaufen, fürchte ich", sagte Grey und reichte Carrie ebenfalls ihre Jacke.

Sie stiegen alle in Jennas Mini-SUV, da Greys Auto für sie alle zu klein war. Bill fuhr sie zum nächsten Supermarkt.

„Dort ist ein Laden für Alkoholisches, da werden Bill und ich ein wenig Wein besorgen. Hier, viel Spaß", sagte Grey und überreichte Carrie einige Banknoten, bevor er mit Bill wegging.

Carrie öffnete ihre Hand und zählte zweihundert Dollar.

„Ein bisschen viel für ein Wochenende", sagte sie zu niemand bestimmten.

„Grey ist großzügig. War er schon immer", bemerkte Jenna und hakte sich bei Carrie unter, als sie den Laden betraten.

Carrie schob den Wagen, während Jenna ihn belud. Sie besprachen, was sie kochen würden, und welche Unverträglichkeiten und Abneigungen sie beachten mussten. Sie suchten Zutaten für Lammragout aus, laut Jenna eins von Greys Lieblingsgerichten. Carrie erklärte sich bereit, einen Apfelkuchen zu backen. Schinken, Eier, Popcorn und andere Snacks fanden ihren Weg in den Wagen, dazu Säfte, alkoholfreie Mixgetränke und Bier. In der Abteilung für Milchprodukte hielten die jungen Frauen an, um sich die angebotenen Käsesorten anzuschauen.

„Du passt einfach perfekt zu Grey und seiner Liste", sagte Jenna.

„Seiner Liste? Du bist jetzt schon die Zweite, die in den letzten zehn Tagen mir gegenüber eine Liste erwähnt hat. Worum handelt es sich da überhaupt?"

Jenna hob erschrocken die Hand vor den Mund und errötete.

„Komm schon, Jenna. Du willst mir doch eigentlich davon erzählen. Was ist denn nun diese Liste? Sag!", bedrängte Carrie sie.

„Grey wird mich umbringen. Es war ein Versehen. Vergiss es einfach."

„Ich kann das nicht vergessen. Erst Spence, dann du ..."

„Spence hat sie erwähnt?"

Carrie nickte.

„So lange ich nicht die Erste bin ... Ich schätze, es spricht nichts dagegen, dir davon zu erzählen", rechtfertigte Jenna ihren Ausrutscher.

Carrie zog Jenna zur Backwaren-Abteilung, wo sie unter sich waren, und Jenna plauderte alles über die Liste aus, was sie wusste. Mit jedem Satz wurden Carries Augen weiter. Als sie mit dem Einkauf fertig waren, traten die Frauen schweigend durch die Ausgangstür.

„Sei mir bitte nicht böse, Carrie ...", flehte Jenna.

„Ich bin dir nicht böse. Ich bin dankbar, dass du mir davon erzählt hast."

„Ich habe bei der ganzen Sache geholfen."

„Ich muss das mit Grey klären", sagte Carrie und streckte ihr Kinn ein wenig vor, die Zähne zusammengebissen.

Die Männer versuchten im Wagen, eine Unterhaltung zu beginnen, aber die Frauen antworteten nur einsilbig. Carrie blickte auf die Straße und weigerte sich, Grey auch nur anzusehen. Bill und Grey tauschten verwirrte Blicke aus und fuhren schließlich schweigend weiter, bis sie wieder an der Hütte angekommen waren.

Grey trug zwei der Einkaufstaschen mit hinein und nahm dann Carrie zur Seite, ging mit ihr in ihr Schlafzimmer und schloss die Tür hinter ihnen.

„Was ist los?", fragte er. Seine Hand umschloss ihren Oberarm.

„Sag du's mir. Sag mir alles über die Liste." Sie stand breitbeinig vor ihm, die Hände auf ihren Hüften.

Greys Gesicht wurde aschfahl und er ließ seine Hand sinken.

„Es ist also wahr. Du hast eine Liste von ... Eigenschaften ... oder sollte ich lieber sagen, *Voraussetzungen* für eine Ehefrau?"

„Irgendwie schon ...", stammelte er.

„Und ich erfülle diese Voraussetzungen?"
„Das tust du."
„Und jetzt ... bin ich ‚es'?"
„Nein, so ist es nicht, Carrie. Bei dir ist es etwas anderes ..."
„Wie das? Wenn ich nicht all diese ... Dinge ... an mir hätte, wärst du dann noch mit mir zusammen?", fragte sie und konnte sehen, wie er sich vor ihr wand.
„Vielleicht ... vielleicht nicht. Aber du tust es, und du bist wunderbar ... weit jenseits von ..."
„Was für ein Scheißdreck, Grey!", schrie sie.
Grey schaute kurz zur Tür des Schlafzimmers herüber.
„Lass uns draußen eine Runde drehen. Wir können im Wald reden. Dort haben wir unsere Ruhe. Wie hast du das alles herausgefunden?", fragte er, als er sich zur Tür wandte.
„Jenna hat es mir gesagt", antwortete Carrie ausdruckslos.
Grey öffnete die Tür.
„Jenna!", brüllte er mit rotem Gesicht.
Jenna blickte ihn an und rannte dann zur Vordertür hinaus. Bill legte die Einkäufe ab, die er gerade ausgepackt hatte, und folgte seiner Frau.
„Es ist nicht ihre Schuld ... sondern deine!" Carrie zog Grey an seinem Ärmel zur Hintertür.
Sie gingen schweigend nebeneinander durch den Wald, bis sie an einem Teich ankamen. Carrie fand einen großen Findling, der aus dem Boden ragte, und setzte sich darauf, die Knie an die Brust gezogen.
„Ich weiß nicht, was falsch daran sein soll, eine Liste mit den Eigenschaften zu haben, die man sich bei einem Partner wünscht, Carrie. Frauen machen das auch ... zumindest hat Jenna mir das gesagt. Warum bist du wütend?" Er setzte sich neben sie auf den Stein.
Carrie warf ihm einen vernichtenden Blick zu.
„Erklär es mir bitte, Süße." Er streichelte ihren Arm.
Sie riss ihren Arm los und starrte auf den Teich hinaus.

„Denkst du, ich bin so eine Art Stepford Wife, eine, die für dich kocht, dir das Haus verschönert und jederzeit Sex mit dir hat?"

„Das denke ich nicht. Ich denke nicht so von dir."

„Wie denkst du denn dann von mir?" Tränen brannten in ihren Augen, aber sie blinzelte sie wütend weg.

„Ich denke, du bist die ideale Frau für mich, intelligent, kreativ, tatkräftig, sexy ... die Frau, die ich liebe", sagte er leise.

„Diese blöde Liste! Jeder weiß davon ... jeder, außer mir! Jenna wollte mir nicht sagen, was Punkt Drei auf der Liste ist, sie sagte, sie wüsste nicht genau, was es sei, aber es hätte etwas damit zu tun, genug Sex zu haben, und dann würde sie röter als eine Rote Beete in der Gemüseabteilung."

Grey lachte.

„Was ist denn so lustig?", schniefte Carrie.

„Du. Ist es dir so wichtig, dass meine Freunde und Jenna über die Liste Bescheid wissen? Denkst du nicht, dass es einfach ein Wunder ist, dass ich eine Frau gefunden habe, die ich liebe und verehre, die auch diese Eigenschaften hat?"

„Ich denke, es ist ein Wunder, dass ich dich noch nicht umgebracht habe ..." Sie zog wieder die Nase hoch und drehte sich von seinem warmen Blick weg.

„Ich gebe zu, diese Dinge sind wichtig für mich, weil ... weil ... die anderen drei Reiter sich beschweren, dass ihre Frauen diese Eigenschaften nicht haben. Also dachte ich, wenn meine Partnerin sie hat, dann würde ich sehr viel glücklicher werden, als sie es sind."

„Und eine Ehefrau zu finden ... das ist ein Wettbewerb unter den Vier Reitern?"

„Es geht da mehr um mich als um sie. Ich möchte eines Tages heiraten, und ich möchte, dass es ewig hält. Ich bin wählerisch ... okay, vielleicht ist kleinlich das bessere Wort ... aber schau dich an ... wie viel Glück kann ein Mann haben?"

Bei seinen letzten Worten beugte er sich zu ihr hinunter und küsste sie. Carrie versuchte, wütend zu bleiben, aber sie konnte es nicht. Der Kuss nahm ihre Wut einfach fort.

„Hör auf damit", sagte sie und schob ihn fort. „Du versuchst, mich das Ganze einfach vergessen zu lassen."

„Tue ich das? Ich dachte, ich würde es einfach genießen, mein Mädchen zu küssen", wisperte er.

„So hast du dein Geld gemacht, nicht wahr? Süßholzraspeln, Menschen verführen, um deinen Willen zu kriegen."

„Wenn ich meinen Willen bekommen hätte, dann wären wir jetzt im Schlafzimmer in der Hütte und würden ganz andere Sachen machen, als über eine dumme Liste zu diskutieren." Er stellte Augenkontakt zwischen ihnen her, während seine Hand ihre vorsichtig berührte.

„Also, um was genau handelt es sich bei Punkt Drei der Liste", fragte sie und schaute kurz auf den Stein unter sich, bevor sie ihm wieder in die Augen sah. Sie hakte ihren kleinen Finger bei ihm ein.

„Bist du sicher, dass du das wissen möchtest?"

„Ich habe danach gefragt, oder nicht?", sagte sie und sah ihn wütend an.

Grey verlagerte sein Gewicht und räusperte sich, bevor er ihr erklärte, was es mit dem dritten Eintrag auf der Liste auf sich hatte. Carrie starrte ihn ungläubig an, dann brach sie in Gelächter aus.

„Ich kann es einfach nicht fassen, dass du im Grunde genommen all deinen Freunden und deiner ganzen Familie erzählt hat, wie ich über Sex denke ... Dass ich genauso dauergeil bin wie ein Mann. Und dann sitzt du hier und erzählst mir, ich wäre albern, weil mir das peinlich ist!"

„Oh, es sah gerade so aus, als würdest du eher darüber lachen. Und es ist ja auch lustig, wenn man es aus einer anderen Perspektive betrachtet ..."

„Aus welcher Perspektive? Ich kann den anderen drei Reitern und deiner Schwester nie wieder gegenübertreten ... Deiner Schwester, die sich zu sehr geschämt hat, überhaupt darüber zu reden ... Ihrem Mann, der vermutlich auch alles darüber weiß ..." Tränen strömten über ihre Wangen, die sich beim Gedanken an die Demütigung rot gefärbt hatten.

„Was ist denn falsch daran, Sex zu mögen?", fragte Grey und nahm sie in die Arme.

„Es ist privat. Was zwischen dir und mir passiert, geht niemanden sonst etwas an", sagte sie fest.

Sie wehrte sich ein wenig, mehr symbolisch, als dass sie es ernst gemeint hätte. Sie hörte auf, als er sie nicht gehen ließ. Carrie liebte es, in seinen Armen zu liegen. Sie fühlte sich sicher, geliebt und beschützt. Sie schloss ihre Augen und überließ sich diesen Gefühlen.

„Lass sie doch alle neidisch sein, dass wir so ... so ... kompatibel sind!", kicherte er.

„Kompatibel! Du hast ihnen doch gesagt, dass ich die ganze Zeit mit dir schlafen will! Was im Übrigen so gar nicht stimmt", sagte sie und legte ihr Gesicht auf seine Brust.

„Das habe ich zu niemandem gesagt ... Oder irgendetwas darüber, was wir im Schlafzimmer miteinander machen. Ich habe nie so über dich gesprochen, und werde es auch nie tun", beharrte er.

Sie vergrub ihr Gesicht an seiner Schulter, als sich ihr Atem langsam normalisierte.

„Lass uns nicht unser Wochenende verderben, Carrie. Wir sind hier in dieser schönen Hütte mit Jenna ... Und ich könnte dir so einige Peinlichkeiten über sie erzählen ... Auch über Bill. Und das würde ich auch tun, wenn sie dir das Leben schwermachen. Lass uns zusammen sein und verliebt sein, Liebste", sagte er und strich über ihr Haar.

Carrie wurde von ihm verführt, wie immer. Seine beruhigende Art, sein Sinn für Humor und sein verführerischer, harter Körper zusammen mit seiner Leidenschaft für sie ... Er war unwiderstehlich. Als sie sich zurückbewegte und zu ihm hochsah, kam sein Mund zu ihr und hielt sie in einem leidenschaftlichen Kuss gefangen.

„Ich versuche es", sagte sie und wischte sich die Tränen von ihren Wangen.

Grey zog ein Taschentuch aus seiner Brusttasche und trocknete ihre Tränen. Er stemmte sich von dem Stein wieder auf seine Füße und bot Carrie seine Hand an. Sie nahm sie und ließ es zu, dass er sie auf ihre Füße zog. Sie wandten sich um und gingen den Weg wieder zurück zur Hütte, Greys Arm über Carries Schultern und Carries Arm um seine Hüfte geschlungen.

Als sie ankamen, hatten Bill und Jenna gerade Käse und Cracker herausgeholt und eine Flasche Wein entkorkt. Ein kleines Feuer loderte im Kamin. Sie drehten sich zu Carrie und Grey um, als diese durch die Hintertür eintraten. Jenna schaute Grey nicht an. Grey nahm ein Stück Papier aus seiner Tasche, schrieb etwas darauf und ging zum Kamin.

„Da ist sie, ‚Die Liste'", sagte er.

Dann zerriss er sie in Fetzen und warf diese ins Feuer.

„Und ich verbiete allen hier im Raum, sie jemals wieder zu erwähnen."

Bill schenkte zwei weitere Weingläser ein und händigte ihnen je eines davon aus. Dann hob er sein eigenes zu einem Toast. Jenna tat dasselbe.

„Darauf trinke ich", sagte Bill und trank einen herzhaften Schluck Wein.

Kapitel Dreizehn

„Wenn du auf Arbeit mal weniger Stress hast, kannst du vielleicht auch mal bei mir übernachten", sagte er, als er das Kamingitter herunterzog und aufstand.

Das Feuer, das er angezündet hatte, loderte auf. Flammen schossen hoch und die kleinen Holzscheite begannen zu brennen. Er beobachtete das Schauspiel mit Genugtuung und setzte sich lächelnd auf das Sofa. Carrie stellte ihr Glas Cabernet Sauvignon ab und legte ihren rechten Fuß auf seinen Schoß. Grey nahm noch einen Schluck, stellte ebenfalls sein Glas auf den Kaffeetisch und begann, Carries Fuß zu massieren. Sie schloss ihre Augen und ließ sich noch tiefer in die Sofakissen sinken, ihr Kopf auf einem roten Kissen über ihrem Arm.

„Harter Tag?"

„Hmm", nickte sie. „Aber wir reden immer nur über mich. Wie war denn dein Tag?"

„Hat sich ziemlich hingezogen. Ich bin den ganzen Tag die Zahlen einer neuen Firma durchgegangen. Ein Solarpark, mit dessen Energie Landwirtschaft betrieben wird. Stinklangweilig."

„Werdet ihr dort investieren?", fragte sie und ein leiser genussvoller Seufzer entglitt ihr, als er ihren Fußballen zu massieren begann.

„Das weiß ich noch nicht. Landwirtschaft ist riskant, aber wenn es tatsächlich rein mit Sonnenenergie klappt, könnte es interessant sein."

Carrie wechselte ihren rechten mit ihrem linken Fuß ab.

„Hast du schon Pläne für Thanksgiving?" Er versuchte, betont ungezwungen zu sprechen.

„Thanksgiving?", fragte sie müde.

„Du weißt schon, dieser Feiertag, der jedes Jahr kommt ... am vierten Donnerstag im November?", neckte er sie.

Sie warf ihm einen bösen Blick zu.

„Ich bin doch nicht hirntot ... Jedenfalls noch nicht. Ich war bisher immer bei Tante Delia und dem Partner, welchen sie da jeweils gerade hatte", sagte sie.

„Denkst du, es würde sie sehr stören, wenn du den Feiertag dieses Jahr mit mir und meiner Familie verbringen würdest?" Er sagte es ruhig, doch sein Puls raste, als er auf ihre Antwort wartete.

Carrie setzte sich auf und hob eine Augenbraue.

„Hat Jenna nicht erwähnt, dass Thanksgiving in eurer Familie etwas ganz Besonderes ist?"

„Alle Feiertage sind meiner Familie heilig ...", begann er.

„Nein, nein, sie hat ausdrücklich Thanksgiving hervorgehoben."

„Nun ja, also ... Irgendwie schon. Aber das betrifft nur die Familie."

„Und dieses Jahr möchtest du nur mit der Familie und mir feiern?"

„Das würde ich gern." Seine Hand stoppte seine Kreisbewegungen und schloss sich um ihren schmalen Fuß.

„Delia ist nicht besonders sentimental ... Ich glaube nicht, dass sie mich besonders vermissen würde, und sie mag dich total ... Hmm." Carrie strich sich über einen imaginären Bart auf ihrem Kinn.

„Also wirst du mitkommen?" fragte er mit erhobenen Augenbrauen.

„Wenn du es möchtest, sicher", sagte Carrie und lächelte ihn an.

„Großartig! Du kommst!" Grey legte ihren Fuß beiseite und stand vom Sofa auf. Er eilte auf den Balkon, um einen Anruf zu tätigen.

Er sprach mit leiser Stimme mit seiner Mutter und beobachtete Carrie dabei, wie sie immer tiefer auf das Sofa sank und ihre Augen schloss.

„Also werden wir endlich diese geheimnisvolle Frau von dir kennenlernen, hmm?", bemerkte seine Mutter.

„Sieht so aus. Sie kommt zu Thanksgiving ..."

„Thanksgiving!"

„Ja."

„John! John! Grey bringt seine Partnerin zu Thanksgiving mit!", hörte Grey sie zu seinem Vater sagen.

„Ich muss jetzt, Mom."

„Das ist wundervoll, mein Schatz. Wir sind so glücklich, dass sie uns besuchen wird."

„Verausgabt euch aber nicht über Gebühr, okay?", sagte er mit ein wenig Sorge in seiner Stimme.

„Ich weiß überhaupt nicht, wovon du redest, Sohn."

Grey lachte. „In Ordnung. Ich bin auf alles gefasst", sagte er und fuhr sich mit der Hand durch sein Haar.

Er hörte das Kichern seiner Mutter, bevor sie das Gespräch beendete und fragte sich für einen Augenblick, ob es die richtige Entscheidung gewesen war. Aber was wusste er schon von richtigen Entscheidungen? Er war einer Frau noch nie so nahegekommen, und der selbstbewusste Geschäftsmann musste einsehen, dass er durch unbekannte Gewässer navigierte ... Vollkommen außerhalb seiner Komfortzone.

Als er wieder zum Sofa zurückkehrte, schlief Carrie schon tief und fest. Er hob sie hoch und trug sie ins Schlafzimmer. Sie auszuziehen war ein Genuss für ihn, auch wenn es nicht danach aussah, dass heute mehr passieren würde, als sie anzuschauen. Sie dehnte und streckte sich, aber schien nicht vollständig aufzuwachen. Er entkleidete sich ebenfalls und legte sich zu ihr aufs Bett.

Er schaltete das Licht aus und legte sich auf die Seite, schob seinen Arm um Carries nackten Körper und zog sie an sich. Sie seufzte und legte ihre Hand auf seine. Er vergrub sein Gesicht an ihrer Schulter und atmete den schwachen Duft ihres Fliederparfüms ein, der immer noch auf ihrer Haut lag, die ihren ganz eigenen süßen Duft verströmte. Er wusste nicht, was er als nächstes tun sollte. Er flog blind und verließ sich nur auf die Liebe als seinen Wegweiser.

Seine Gedanken wanderten zu Thanksgiving, zu Carrie und seiner Familie. Er schauderte bei dem Gedanken, wie viele Anspielungen übers Heiraten seine Mutter in Carries Anwesenheit machen würde, oder wie seine ältere Schwester Barbara jedes Babyfoto von ihm vorführen würde, das sie finden konnte, vor allem die besonders peinlichen. Aber dann war da noch Jenna. Sie würde dafür sorgen, dass Carrie sich wohlfühlte. Grey schloss seine Augen. Er hoffte, dass alles gut gehen würde. Das würde die erste Hürde ... Nein, die erste Hürde war gewesen, dass sie alles über die Liste herausgefunden hatte. Das war schon die zweite. Arme Carrie. Er hoffte, dass die Liebe zwischen ihnen einen Tag mit seiner Familie überleben würde, als er langsam in den Schlaf sank.

CARRIE ERWACHTE UM drei Uhr morgens, weil sie auf die Toilette musste. Sie war hellwach und schlüpfte in einen Morgenmantel, weil es kalt in ihrem Apartment geworden war und tappte ins Wohnzimmer. Sie setzte sich aufs Fensterbrett, um den Mond zu betrachten. Er war erst auf seine Hälfte angewachsen. Trotzdem schien er mit silberweißem Licht auf die schlafende Stadt herab. Das Mondlicht auf den nackten Zweigen der Bäume warf große Schatten und betonte ihre Rundungen. Die beunruhigenden dunklen Schatten könnten Diebe verbergen, oder Liebende, die keinen anderen Raum für sich hatten.

Die Kälte in der Wohnung drang durch den dünnen Seidenstoff ihres Umhangs, daher zog es sie bald wieder in die einladende Wärme ihres Betts. Grey schlief auf seinem Bauch, die Arme über seinen Kopf gelegt. Sie legte sich leise zu ihm und versuchte, ihn nicht zu stoßen und aufzuwecken, aber er drehte sich ohnehin zur Seite und ließ die Bettdecke bis zu seiner Taille heruntergleiten. Auf ihrem Rücken liegend, im dämmrigen Licht der Straßenlaternen, welches durch das Fenster eindrang, betrachtete Carrie sein Gesicht und seine Brust. Er wirkte gelöst und jungenhaft, so durcheinander, wie sein Haar sein

Gesicht umrahmte. Nur der leichte Bartwuchs auf seinen Wangen verriet sein wahres Alter. *Wie schön er ist.* Seine starke Brust war bedeckt mit einem leichten Flaum sandfarbenen Haars. Es rief regelrecht nach ihr und sie streckte ihre Hand aus, um es zu fühlen, legte ganz langsam ihre flache Hand darauf. Er bewegte sich kaum. Sie strich mit ihrer Hand die Brust rauf und runter, genoss das Gefühl seiner Haut und der Muskeln unter ihren Fingerspitzen. Ein leiser Seufzer entkam ihren Lippen.

Grey schlang seinen Arm um sie, seine Hand auf ihrem Rücken, als sie ihm gegenüber lag. Carrie drehte sich um, sodass sie ihm ihren Rücken zuwandte und sich in die Kurve seines Körpers hineinkuscheln konnte.

Einige unverständliche Laute kamen von Grey, als sie seine Hand nahm und seinen Arm um ihren Körper zog, bis die Hand auf ihrem Bauch ruhte. Grey spreizte seine Finger über ihre Haut und zog sie noch näher an sich heran.

„Kalt", murmelte er.

„Nicht mehr", flüsterte sie und fühlte, wie die Hitze seines Körpers sie durchdrang.

Grey bewegte seine Hand langsam nach oben, bis sie auf ihrer Brust zum Stillstand kam. Ein kleiner Schauer erfasste sie.

„Immer noch kalt?", fragte er, nun erwacht.

„Nein ..."

„Mehr?"

Er schloss seine Finger um die Brust und begann, sie sanft zu massieren. Sie schloss ihre Augen und ließ es zu, dass seine Hände ihren Körper bezauberten. Seine Lippen liebkosten ihren Nacken mit gehauchten Küssen, die ihren ganzen Körper erbeben ließen. Er kicherte.

„Du bist ein Zauberer", flüsterte sie.

„Bin ich das?"

Seine Finger kniffen sanft ihre Brustwarzen und sandten damit eindeutige Signale in ihr Innerstes. Sie wand sich, drückte ihren Hintern an ihn und fühlte seine steigende Erregung.

„Du berührst mich an einem Ort, aber ich fühle es ganz woanders."

Er lachte leise. Dann ließ er seine Hand langsam ihre weiche Haut bis zu ihrem Oberschenkel gleiten.

„Du fühlst dich so unglaublich gut an", flüsterte er.

Carrie drehte sich auf ihren Rücken und legte ihre Hand auf seine Schulter. Seine Finger wanderten weiter zu der Innenseite ihrer Schenkel, und sie öffnete ihre Beine für ihn. Ihr Gesicht an seinem Hals vergraben öffnete sie ihren Mund und saugte behutsam an seiner Haut, liebkoste ihn mit ihrer Zunge und brachte ihn zum Stöhnen.

Seine Finger waren in ihrem Innersten angelangt. Sie stöhnte und legte ihr Bein über seine Hüfte, als Hitze ihren Körper durchfuhr.

„Oh, Gott", keuchte sie, nahm ihre Lippen von seiner Haut und warf ihren Kopf zurück, presste ihn gegen das Kissen unter ihr. Im Dämmerlicht konnte sie immer noch seine Augen sehen, die sie direkt anschauten. Ihr Atem wurde schneller, als die Leidenschaft sie endgültig erfasste.

„Ich will dich", sagte sie leise, ihre Augen immer auf ihn gerichtet.

Sie griff nach unten und legte ihre Finger um seine Erektion. „Oh, wow."

Er lachte.

„Du willst mich wohl auch."

„Könnte man so sagen", stimmte er zu, als er seine Hand hinter ihre Schenkel legte und langsam zu ihrem Hintern hochfuhr.

„Bereit?"

„Schon lange ..."

Grey kicherte.

Carrie hob ihr Bein höher und legte es um seinen Körper, als er sie nahe genug an sich heranzog, um in sie einzudringen. Sie keuchte auf, schloss ihre Augen wieder und konzentrierte sich auf das wundervolle Gefühl, ihn in sich aufzunehmen.

„Ooooh ... Liebster ...", stöhnte sie und hielt sich an ihm fest.

Er begann, sich langsam in ihr zu bewegen.

„Oh, Gott ... Grey ...", bettelte sie.

Je erregter sie wurde, desto schneller kamen seine Stöße. Carrie konnte ihre Hüften nur ein wenig seinem Rhythmus anpassen, da er sie so fest hielt. Trotzdem fühlte sie die Lust mit jedem Stoß heftiger durch ihre Adern strömen. Als dieses Gefühl immer intensiver wurde, begann sie zu keuchen, und ihr Griff um seine Schulter wurde eisern. Schließlich erreichte ihre Erregung ihren Höhepunkt, sie kam in einer Explosion, jeder Muskel und Nerv zum Zerreißen gespannt, bevor Glückseligkeit ihr bis in die Zehenspitzen rann. Carrie ließ einen unterdrückten Schrei hören. Grey hielt sich nun nicht mehr zurück, drang immer kraftvoller in sie ein. Es dauerte nicht lange, bis auch er durch ein langes Stöhnen zu erkennen gab, dass er in ihr kam.

Sie lagen sich noch eine Weile in den Armen. Carrie hob ihre Hand, um Greys Wange zu streicheln und fühlte, dass seine Stirn feucht war. Er küsste sie sanft und seine Hand strich ihr Haar zurück.

„Du bist besser als jeder Wecker ... mit Leichtigkeit."

Sie lachte. „Das sagt du bestimmt zu jeder."

„Mich hat noch keine mitten in der Nacht aufgeweckt, um mit mir zu schlafen."

„Wirklich?"

„Ja. Es war fantastisch." Er küsste sie wieder, dann hob er die Decken hoch und legte sie über ihren Körper, um sie von der kalten Luft im Schlafzimmer abzuschirmen.

„Das war gar nicht meine Absicht gewesen. Ich konnte nicht schlafen, aber dann habe ich dich hier so friedlich liegen sehen. Und ich ... ich ... hatte halt Lust auf dich."

„Musik in meinen Ohren. Dafür kannst du mich immer aufwecken, Süße."

„Jetzt bin ich müde", gab sie zu und gähnte.
Sie kuschelten sich als Löffelchen zusammen.
„Süße Träume, Carrie."
„Dir auch, Grey."

Kapitel Vierzehn

Der Druck auf der Arbeit wuchs und wuchs in den nächsten Wochen. Eine Spätschicht nach der anderen, Verbesserungen, ständige Überarbeitungen, ganze Kampagnen wurden eingestampft, nur um noch einmal ganz von vorne zu beginnen. Sie war erschöpft, mit den Nerven am Ende, aber auch selig verliebt. Carrie hatte noch nie zuvor jemanden wie Grey getroffen, und je mehr ihr Arbeitsleben den Bach herunterging, desto mehr sehnte sie sich nach seiner Gesellschaft.

Carrie kam am Mittwoch vor Thanksgiving schon früh ins Büro, um Mr. Goodhue zu sehen, den Präsidenten der Agentur, der sich mit ihr um acht Uhr treffen wollte. Sie war nervös, da er niemals Zeit mit unwichtigen Meetings oder Menschen verschwendete. Er hatte Angestellte, die sich um die trivialen Einzelheiten kümmerten. Wenn er sie sehen wollte, dann war es wichtig.

Sie trat leise in sein Büro. Er schaute zu ihr hoch, nickte und bedeutete ihr, sich zu setzen.

„Kaffee?"

„Danke", sagte sie und hob die Tasse, die sie bereits mitgebracht hatte.

„Carrie, ich habe Ihre Entwicklung über die letzten drei Jahre beobachtet und ich war sehr angetan, zu sehen, wie Sie sich von einer schüchternen und unglücklichen jungen Frau, die hier angefangen hat, zu einer selbstbewussten und fähigen Werbetexterin entwickelt haben. Ihre Arbeit im New-Business-Team ist exzellent. Ich denke, die nächste Firma, die Sie an uns binden können, wird ihre Promotion zum Creative Director werden."

Sie lächelte ihn an, erfreut über das Lob, aber sie bemerkte, dass er nicht zurücklächelte. Ein beklemmendes Gefühl machte sich in ihrer Magengrube breit und ihr Herz begann, schneller zu schlagen. Irgendetwas stimmte nicht.

„Sie sind auch sehr beliebt. Rosie kann sich mit Lob gar nicht zurückhalten, wenn es um ihre Zusammenarbeit mit dem Produktionsteam geht ... und ...", redete er weiter.

„Mr. Goodhue, das klingt entweder wie eine Grabrede oder ein Nachruf. Welches von beiden ist es, und warum bin ich tot?"

„Wir sind in einer schwierigen Lage, was Country Lane Cosmetics betrifft", sagte er und hob abwehrend seine Hand, als sie versuchte, zu sprechen.

„Ich weiß, diese Kundenbeziehung ist in Gefahr. Aber diese Gefahr hat ganz andere Dimensionen. Sie wissen, dass Country Lane einen neuen Präsidenten hat, der eine andere Agentur favorisiert, mit denen er schon seit Jahren zusammenarbeitet, richtig?"

„Ich habe alles für den Pitch gegeben, damit wir den Kunden behalten."

„Sie wissen, wie viele Leute mit dieser Firma verbunden sind, hier in dieser Agentur, nicht wahr? Wie viele Leute wir entlassen müssen, wenn wir diesen Kunden verlieren?"

„Viele."

„Kennen Sie jemanden mit dem Namen Grey Andrews?", fragte er sie und nahm seine Kaffeetasse, um etwas zu trinken.

Sie schluckte schwer. Ihr Gesicht wurde heiß und ihre Augenbrauen schossen in die Höhe.

„Grey? Warum fragen Sie?"

„Wie gut kennen Sie ihn?"

„Gut genug, was hat das zu tun mit ..."

„Schlafen Sie mit ihm, Carrie?" Nathan stellte seine Tasse ab und blickte sie fest an.

Ihr Gesicht wurde noch röter, als Wut sich mit Verlegenheit mischte.

„Das geht Sie nichts an, Nathan ...", sprudelte es aus ihr hervor.

„Nicht, wenn seine Schwester der neue Advertising Director von Country Lane ist, dann nicht."

„Was?"

„Sind sie also ... mit ihm intim geworden?"

„Ich liebe ihn."

„Oje", sagte er und schaute nach unten, auf seine Daumen. „Dann wird das schwerer, als ich dachte."

„Ich sehe kein Problem darin. Was hat Grey damit zu tun?"

„Der neue Präsident möchte uns loswerden. Barbara Andrews mag unsere Arbeit. Aber sie hat mir beim Frühstück gestern erzählt, dass du mit ihrem Bruder zusammen bist. Es könnte uns als unzulässige Beeinflussung ausgelegt werden, wenn sie uns evaluiert und die Empfehlung ausspricht, unsere Agentur weiterhin in Anspruch zu nehmen. Wenn diese Information ihrem Boss zu Ohren kommt, könnte sie wegen Bevorzugung gefeuert werden. Sie möchte eine faire Entscheidung treffen, eine, die sie vor ihrem Chef verteidigen kann, aber wenn er von Ihnen und diesem Typen erfährt ..."

„Grey?"

„Dann wäre ihr Urteil gefährdet. Wer würde nicht denken, dass sie einfach nur ihre zukünftige Schwägerin mit Arbeit versorgen will? Das ist praktisch Vetternwirtschaft. Sie müsste uns vielleicht sogar feuern, nur um weiterhin glaubwürdig zu wirken. Egal, wie es endet, es sieht nicht gut für uns aus ...", er machte eine Pause, „So lange, wie Sie hier angestellt sind."

„Und wenn ich damit aufhöre, Grey zu treffen?"

„Das könnte gehen ... Ich glaube jedoch, dass es dafür bereits zu spät ist."

„Gut. Ich würde es ohnehin nicht tun."

„Das habe ich mir schon gedacht. Sie sind eine integre Frau, Carrie, eine der Sachen, die ich immer an Ihnen bewundert habe ..."

„Hören Sie auf, mir Honig ums Maul zu schmieren, Nathan", sagte sie, plötzlich ohne jede Angst, direkt zu werden. „Sie wollen, dass ich aufhöre, richtig?"

„Ich würde Sie bei einem anderen Team unterbringen, auch wenn ich nicht sicher bin, dass das ausreichend wäre. Es ist nur so, im Moment haben wir keine weitere Verwendung für Sie, ohne einen neuen Auftraggeber."

„Also werde ich rausgeschmissen?" Sie fühlte, wie Tränen in ihr aufstiegen, aber sie würde verdammt sein, wenn sie ihn sehen lassen würde, wie sie weinte. Sie holte tief Luft, blinzelte ein paar Mal und bekam ihre Emotionen wieder unter Kontrolle.

„Nun ... Es sind so viele Leute hier angestellt, die Produktion, Güter, Kundenbeziehungen, nicht zu vergessen Ihr kreatives Team ... Sagen wir, zehn Leute würden ihren Job verlieren, wenn Sie bleiben und weiterhin eine Beziehung mit Barbaras Bruder haben. Was denken Sie, ist die faire Entscheidung hier?"

Tränen traten wieder in ihre Augen. Sie musste sich entscheiden: Grey, oder ihr Job?

„Ich würde es Ihnen gerne einfacher machen und Sie feuern, aber das würde sie Situation für niemanden besser machen. Wir würden schlecht aussehen, wir alle. Und ich möchte nicht, dass es Ihren Lebenslauf versaut. Ihre Arbeit ist hervorragend und Sie haben nichts falsch gemacht. Vielleicht, wenn Sie die Beziehung beenden würden, könnte ich mit Barbara reden, und Sie ihren Job behalten. Zurzeit ist es nicht ratsam, ohne Arbeit dazustehen, vor allem in unserem Geschäft. Es ist Ihre Entscheidung."

Sie nickte. Emotionen drückten ihre Kehle zu. Sie hatte so hart daran gearbeitet, hier erfolgreich zu sein. Nachdem ihre Ehe den Bach heruntergegangen war, musste sie sich mühsam ihr Leben wiederaufbauen. GWB war danach ihr zweites Zuhause geworden, ein Ort, an dem sie sich zugehörig gefühlt hatte. Und ihre harte Arbeit und Loyalität waren mit regelmäßigen Lohnerhöhungen und Beförderungen belohnt worden. Die Agentur hatte sie aufgenommen, ihr eine Aufgabe gegeben und sie aufgebaut, ihr geholfen, sie vieles gelehrt und ihr Anerkennung verschafft. Nun, in einem Augenblick, könnte das alles Geschichte sein.

„Barbara war nicht wütend auf sie, sie hat Sie ja noch nicht einmal getroffen, hat sie mir erzählt, auch wenn sie eingeräumt hat, dass sie von ihrer anderen Schwester von Ihnen gehört hat. Sie hat darauf bestanden, dass wir etwas unternehmen. Ich habe ihr versichert, dass ich mit Ihnen persönlich reden würde, und dass Sie eine Entscheidung im Interesse aller treffen würden", sagte er und stand auf, um ihr anzudeuten, dass das Meeting damit beendet war.

„Sie werden spätestens zehn Uhr meine Kündigung auf Ihrem Schreibtisch finden. Macht es Ihnen etwas aus, wenn ich danach gehe?"

„Warum überdenken Sie Ihre Entscheidung nicht noch einmal über die Festtage? Sie werden noch genug Zeit haben, Montag, wenn Sie zurück sind, Ihre Kündigung einzureichen, wenn es das ist, was Sie möchten. Es würde mir das Herz brechen, Sie zu verlieren, aber ich bewundere Ihre Selbstlosigkeit, mit der Sie Ihre Kollegen an die erste Stelle setzen. Sie können darauf zählen, dass ich Ihnen ein exzellentes Arbeitszeugnis ausstellen und eine glühende Empfehlung an Ihren nächsten Arbeitgeber übermitteln werden ... wenn Sie sich für eine neue Arbeitsstelle entscheiden", sagte er und schüttelte ihr die Hand.

Carrie war wie betäubt. Sie ging in ihr Büro und druckte das Papier aus, bevor die Tränen anfingen, zu fließen. Dann zerriss sie es und schmiss es in den Papierkorb. Sie schloss ihre Tür, packte alles zusammen und ging in den Flur. Auf ihrem Weg nach draußen kam sie an Dennis vorbei.

„Wo gehen Sie denn hin?", fragte er und streckte seine Hand nach ihrem Arm aus.

Sie riss sich los und lief weiter, weigerte sich, auf seine wiederholten Rufe zu antworten.

Auf der Straße hielt sie nach einem Cafe Ausschau und fand zwei Blöcke entfernt ein Starbucks. Sie trat ein und bestellte ihren üblichen Latte und setzte sich. Tränen liefen über ihre Wangen, als sie ihr Gesicht versteckte. All die Zeit, nutzlos verschwendet, und die neue Kampagne, die Pitches für New Business, die ständigen Überstunden, der ganze Stress ... und wofür? Was hatte sie jetzt noch? Keinen Job, kein Gehalt ... Nichts. Nein, nicht nichts. Sie hatte Grey.

Aber stimmte das? Wie lange kannte sie ihn denn schon? Ein paar Monate. Was, wenn seine Familie sie nicht mochte? Sie hatte keine Garantien für ihre Zukunft mit Grey. Er wäre nicht der erste Mann, der ihr Leben in Trümmern hinterlassen würde. Anstatt, dass sie sich, was Grey anging, sicherer fühlte, wurde ihr der Boden unter den Füßen weggerissen. *Das ist nicht fair. Er hat nichts Falsches gemacht. Aber ich habe nicht das Gefühl, dass ich mich darauf verlassen kann, dass er für mich da sein wird. Heirat? Darüber haben wir nicht gesprochen, seit wir uns über die Liste gestritten haben.* Sie fühlte ein bekanntes Pulsen an ihrer Schläfe und massierte ihren Kopf mit ihren Fingerspitzen. Dann schluckte sie zwei Ibuprofen, um die herannahenden Kopfschmerzen noch abzuwenden.

Morgen würde sie seine Familie zu Thanksgiving treffen. In ihrem Haus bleiben. Im selben Zimmer wie Grey. Oh, Gott! Seine Schwester, der Advertising Director von Country Lane, würde auch da sein. Die Frau, die für ihre missliche Lage verantwortlich war! Auf keinen Fall würde sie dahin gehen.

Carrie trank ihren Kaffee aus und ging wieder auf die Straße. Es war erst um eins, aber der Verkehr nahm bereits zu. Viele hatten schon ihre Urlaubsreise gestartet und die Stadt war ein einziges Durcheinander aus Sportwagen, SUVs, Taxis, Bussen und Trucks, die alle verbissen um Platz kämpften und hupten, bis sie nicht mehr konnten. Der Weg zurück zu ihrem Apartment gestaltete sich mühsam, da viele Straßen wegen der Thanksgiving Day Parade von Macy's gesperrt waren. Der Verkehr staute sich Block um Block.

Ihre und einige andere Straßen waren abgeriegelt. So mancher hatte sich gedacht, dass es interessanter wäre dabei zuzusehen, wie die Ballons für die Parade aufgepustet wurden, anstatt morgen beim Tag der Parade dabei zu sein. Sie fluteten die Straßen wie Scharen migrierender kanadischer Gänse, hupten und schubsten andere aus dem Weg. Eltern mit Kinderwagen und Kleinkindern im Schlepptau, Teenager, sogar Großeltern waren gekommen, um die Ballons zu sehen. Dann konnten sie morgen am Feiertag in ihrem gemütlichen Heim bleiben und Football im Fernsehen schauen.

Carrie stieg in den Bus, der im Schneckentempo vorwärts rollte, jede grüne Ampel verpasste und ihr das Gefühl gab, in der gedrängten Atmosphäre gefangen zu sein, mit Menschen, die laut in ihre Handys sprachen oder ihr ins Gesicht niesten. Sie rief ihre Tante Delia an.

„Hey, Delia, ist bei dir morgen vielleicht doch noch ein Platz frei?", fragte sie und versuchte, dabei ruhig zu klingen.

„Du kommst doch? Stimmt was nicht?", fragte Delia.

„Nichts. Kann ich nicht einfach meine Pläne ändern und den Tag lieber mit dir verbringen?"

„Ha! Mich kannst du nicht so schnell aufs Kreuz legen. Das letzte Mal, als ich dich gesehen habe, glitzerten Sterne in deinen Augen, und jetzt schaffst du es kaum, nicht einfach loszuweinen. Ich höre das doch, Carrie, ich höre es in deiner Stimme."

„Ich bin im Bus und kann nicht reden."

„Pack deine Sachen und schwing deinen Hintern in den Vier-Uhr-Zug diesen Nachmittag. Ich kühle schon mal deinen Lieblingswein, Moscato, vor und hole ein zweites Glas raus. Du kommst her und erzählst mir alles."

„Wer kommt noch alles morgen?"

„Tony und sein Sohn, Marco. Freddie und ihr Mann, Harold. Sam Wood und Joanie Johnson."

„Das sind wenige ... Hey, Sam und Tony kommen beide?"

„Ja. Sam ist der vom letzten Jahr und Tony von diesem. Für Sam ist es okay. Er hat eine neue Lady, aber sie ist gerade nicht in der Stadt."

Carrie lachte, obwohl ihr so elend war. „Ich werde da sein."

„Okay, Cookie, wir sehen uns."

Carrie legte gerade auf, als der Bus auf die Amsterdam Avenue einschwenkte. Sie stieg aus und lief noch einen Block zu ihrem Apartment. Grey! Oh, Gott. Sie musste ihn anrufen. Nachdem sie ihre Sachen gepackt und ein halbes Glas Wein geleert hatte, um ihre Nerven zu beruhigen, nahm sie ihr Telefon zur Hand.

„Hi, meine Schöne! Bist du noch auf der Arbeit?", fragte er.

„Ich bin zu Hause ..."

„Ich kann rüberkommen, für ein bisschen Zeit nur zu zweit ... wenn du Interesse hast."

„Nicht heute, es gibt ein Problem ..." Carries Stimme brach.

„Was? Stimmt etwas nicht?"

„Ich kann morgen nicht mit dir mitkommen", sagte sie und hielt den Atem an.

„Warum?" Seine Stimme stieg um eine Oktave.

„Heute ist auf Arbeit etwas passiert ... und ich ... ich muss eine Entscheidung treffen. Über meinen Job ... und über dich. Also gehe ich zu Delia, weil ich darüber nachdenken muss."

„Nachdenken ... bei Delia? Eine Entscheidung? Was für eine Entscheidung?" Seine Stimme war angespannt.

„Ich möchte das nicht am Telefon besprechen", wand sie ein und hoffte, dass er es dabei belassen würde – natürlich vergeblich.

„Dann komme ich gleich zu dir", setzte er ihr entgegen.

„Du kannst nicht herkommen. Die Straßen sind verstopft, von einem Fluss zum anderen. Die Parade, erinnerst du dich?"

„Mir egal. Dann laufe ich eben."

„Grey, ich möchte jetzt nicht mit dir sprechen."

„Warum nicht?"

„Frag deine Schwester, Barbara, wenn du sie morgen siehst."

„Barbara? Was hat sie denn damit zu tun?"

„Alles. Mein Zug geht in einer Stunde und ich brauche so lange, um zum Grand Central zu gelangen. Ich muss los", sagte Carrie und legte auf.

Sie brach in Tränen aus und sank auf das Sofa. Das Telefon klingelte. Es war Grey, und sie ließ es läuten. Dann legte er auf. Und rief wieder an. Legte wieder auf. Und wieder von vorn. *Er ist hartnäckig, das muss ich ihm lassen.*

Carrie zog den Ausdruck ihres Krimi-Manuskripts hervor, stopfte die Seiten in ihre Tasche, zusammen mit ihrem Laptop. Sie würde bei Delia an den Änderungen arbeiten, die sie von Paul Marcel erhalten hatte. Ein ironisches Lächeln erschien auf ihren Lippen. *Sieht so aus, als würde sich mein Wunsch, Schriftstellerin zu werden, tatsächlich erfüllen. Eine Schriftstellerin ohne festen Job.*

Sie schlang sich ihre Reisetasche über ihre Schulter, steckte ihr Portemonnaie in die Aktentasche und klemmte sich diese unter den Arm. Sie ließ das Telefon klingeln und stapfte erst die Treppen herunter und dann die Straße entlang bis zur U-Bahn-Haltestelle, die einzige Transportmöglichkeit in der Stadt, die nicht komplett wegen der Parade zum Stillstand gekommen war.

DAS WETTER WURDE ZUNEHMEND schlechter; die Sonne verschwand hinter einem hellgrauen Wolkenvorhang. Carrie klappte ihren Computer auf und versuchte, sich auf der eineinhalbstündigen Fahrt nach Shelton, Connecticut, auf die Überarbeitung ihres Manuskripts zu konzentrieren. Aber alles, was sie tun konnte, war aus dem Fenster zu starren und vor sich hinzuträumen, darüber nachzudenken, was sie eigentlich wollte. Als der Zug kreischend zum Stehen kam, stand Delia Tucker bereits neben ihrem weißen Toyota Rav und winkte. Carrie lächelte, als sie ihre geliebte Tante erblickte, und fühlte sich gleich besser.

Delia umarmte die junge Frau fest und Carrie brach sofort in Tränen aus. Sie standen eine Minute einfach nur da, bis Carrie sich einigermaßen wieder im Griff hatte. Delia nahm ihre Tasche und warf sie auf den Rücksitz, während Carrie vorne einstieg.

„Wo sind deine Eltern?", fragte Delia, während sie ausparkte.

„Auf Reisen. Ich denke, sie verbringen Thanksgiving dieses Jahr in der Türkei", lachte sie. „Echt paradox!"

„Sie reisen immer noch?"

„Eine Kreuzfahrt auf dem Mittelmeer, denke ich. Sie haben nie Urlaub genommen, als ich klein war. Arbeit, Arbeit, Arbeit ..."

„Von ihnen hast du deinen Arbeitswillen."

„Das stimmt wohl. Sie können nun leben, wie sie wollen."

„Es wäre schön, wenn sie jetzt mehr Zeit für dich erübrigen könnten."

„Ich bin das gewohnt. Es ist okay."

Delia wechselte das Thema und sie unterhielten sich über die Vorbereitungen für den morgigen Tag auf der Fahrt zu Delias Zuhause. Sie vermieden das Thema, das Carrie unter den Nägeln brannte, bis sie sich in Delias Küche niedergelassen hatten, jede mit einem Glas kühlem Moscato- Weißwein und Crackern mit Käse vor ihnen auf dem Tisch.

„Apfel- oder Kürbiskuchen ... oder beides?", fragte Carrie und rollte ihre Ärmel hoch.

„Ich denke, ich habe die Zutaten für beides da", sagte Delia und setzte sich auf einen hohen Barhocker.

Carrie holte Mehl, Butter und Salz heraus. Dann nahm sie eine große Schüssel, ein paar Messer und ein Nudelholz.

„Die neue Arbeitsplatte aus Granit ist perfekt, um Teig auszurollen."

„Tu, was du nicht lassen kannst. Und jetzt, wenn du am Teig ausrollen bist, erzählst du mir, was vorgefallen ist." Delia füllte Carries Glas wieder auf und lehnte sich zurück.

Carrie berichtete ihr alles über ihr Gespräch mit Nathan Goodhue und ihr Dilemma.

„Was möchtest du nun tun?"

„Ich bin mir nicht sicher ... Ich habe so hart gearbeitet, und bin so nah dran, Creative Director zu werden ... Aber Grey ist so wundervoll ..."

„Sieht mir so aus, als hätte dir Goodhue nicht viel Spielraum gelassen. Musst du nicht kündigen?"

„Nicht so ganz. Wenn ich Grey aufgeben würde, könnte ich bleiben. Aber das will ich nicht."

„Ah, ich verstehe. Das alte Lied von ,Wasch mir den Pelz, aber mach mich nicht nass'. Hmm. Das wird hier nicht funktionieren, Cookie."

Es hatte sie schon lange niemand mehr ,Cookie' genannt. Delia war die erste gewesen, die ihr diesen Spitznamen gegeben hatte, und ihren Eltern hatte er gefallen, also war er geblieben. Als es draußen kälter wurde, stellte Carrie den Ofen an, um vorzuheizen. Sie genoss es, mit Delia zusammen in ihrer warmen Küche zu sitzen.

„Was möchtest du wirklich vom Leben, Carrie?"

„Warum fragst du mich nicht gleich die ganz großen Fragen, Delia?" Sie lachte.

„Ernsthaft. Möchtest du Creative Director sein? Möchtest du Grey heiraten ..."

„Halt mal! Er hat mich nicht gefragt oder etwas in der Richtung."

„Er hat dich über Thanksgiving zu seiner Familie eingeladen. Denkst du nicht, dass das ein Vorspiel für einen Antrag sein könnte?" Delia hob ihre Augenbrauen und nahm einen Schluck von ihrem Wein.

Farbe stieg in Carries Wangen.

„Ich möchte es nicht so sehen."

„Wie geht es ihm damit, dass du ihn versetzt hast?"
„Nicht sehr gut, fürchte ich", sagte Carrie und runzelte die Stirn.
„Hast du ihm erzählt, was passiert ist?"
Carrie schüttelte ihren Kopf.
„Ich wollte ihn nicht sehen. Ich wollte es ihm nicht am Telefon sagen. Er hätte versucht, mich zu überreden, dass ich trotzdem mitkomme, und seine Schwester ist dort, und ..."
„Also bist du ohne Erklärung fortgefahren?"
„Ja, ich schätze schon."
„Nicht gut, Cookie."
„Ich habe ihm gesagt, er kann seine Schwester Barbara fragen. Er hat mich gefragt, was das heißen soll, und dann habe ich irgendwie aufgelegt."
„Ernsthaft? Oh, Cookie! Grey ist ... er ist ... ein Sechser im Lotto, wirklich." Delia schnalzte mit ihrer Zunge.
Carrie holte die Backform herunter und wich Delias Blick aus.
„Liebst du ihn?", fragte Delia und lehnte sich ein wenig zu ihrer Nichte herüber.
Carrie hörte in der Bewegung inne und nickte leicht, als zwei Tränen ihre Wange herunterliefen.
„Was, wenn es nicht funktioniert? Ich habe keine gute Erfolgsbilanz vorzuweisen. Grey hatte nie zuvor eine ernsthafte Beziehung ... Was, wenn er mich verlässt? Dann habe ich nichts." Carrie begann, in der Küche umherzuwandern und biss auf ihrer Lippe herum.
„Was, wenn du aus einem anderen Grund gefeuert wirst? Es gibt keine Garantien, auf keiner Seite dieses Dilemmas", sagte Delia und lehnte sich wieder zurück. Sie leerte ihr Glas.
„Was soll ich dann tun?"
„Das kann ich dir nicht sagen. Hör auf dein Herz. Unter all deinen Gedankengebäuden, weiß dein Herz, was los ist, und was du tun solltest."

Carrie schob den Kuchen in den Ofen, als das Telefon klingelte. Es war Tony, und Delia verschwand im Schlafzimmer und schloss die Tür. Carrie ging zum Sofa vor dem Kamin, in dem ein kleines Feuer gemächlich brannte, und setzte sich. Die Gerüche im wunderschönen Haus ihrer Tante beruhigten sie. Sie hatte hier, in diesem kleinen Steinhaus, viele glückliche Tage verbracht. Erinnerungen an Übernachtungen bei Tante Delia und Onkel Jack, Shopping-Touren mit der ausgebufften Delia, Onkel Jack, der ihr beibrachte, wie man Brot buk. Die Flut aus vergangenen Eindrücken wärmte ihr Herz.

Sie vermisste Onkel Jack, sie vermisste es, ein Kind zu sein, dessen schwierigste Entscheidung die zwischen Schokoladen- oder Erdbeereis zum Nachtisch war. Sie zog ihre Knie an und legte ihre Arme um sie und dachte an Grey. Was, wenn er nicht verschwinden würde? Wenn Delia recht hatte und das Treffen mit seiner Familie, welches ihm so wichtig war, nur den Auftakt für einen Heiratsantrag darstellte? Würde sie ihn heiraten wollen? *Wieder auf dieses alte Pferd setzen? Meine Karriere hinter mir lassen, nach all dem Schweiß und den Tränen, die ich dafür geopfert habe? Wenn es mit uns nicht funktioniert, was wird dann aus mir? Wenn ich nicht heirate, was werde ich stattdessen sein? Eine arbeitslose Romanautorin.* Carrie war seit ihrer Scheidung nicht mehr verliebt gewesen. Ihr Exmann war an die Westküste gezogen und hatte gesagt, er sei noch zu jung, um sich langfristig zu binden. Die Verantwortung und Einschränkungen einer Ehe waren zu viel für Todd gewesen. Er hatte frei sein wollen, raus aus ihrer Verbindung, und er hatte ihr das Herz gebrochen. Nun, drei Jahre später, fragte sie sich: Würde Grey dasselbe tun? War er ‚ein Sechser im Lotto', wie Delia gesagt hatte? Zu viele Fragen und zu wenige Antworten.

Als Carrie dem Feuer dabei zusah, wie es herunterbrannte, beendete Delia ihr Telefongespräch und kehrte ins Wohnzimmer zurück. Sie setzte sich zu Carrie aufs Sofa.

„Und, hast du die Antwort gefunden, nach der du suchst?"

Carrie starrte weiter ins Feuer und schüttelte den Kopf.

„Es ist wie das Leiterspiel, Delia. Ich stehe in der Mitte, und der nächste Schritt von mir bringt mich entweder eine Leiter weiter nach oben, oder ich falle wieder ganz an den Anfang zurück." Carrie stand auf und ging in die Küche, um nach dem Kuchen zu sehen.

GREY HIELT SICH NICHT an die Tradition – er stieg in seinen Wagen und fuhr am Mittwochabend nach Norden, Richtung Pine Grove. Normalerweise startete er erst sieben Uhr morgens an Thanksgiving und kam genau richtig zum Frühstücken an. Es war Tradition in ihrer Familie, sich morgens zu einem großen Frühstück zu versammeln, welches sein Dad zubereitet hatte, und dann bis zum großen Festessen nichts mehr zu sich zu nehmen. Nach dem Frühstück packten alle mit an. Sie hatten alle ihre festen Aufgaben und arbeiteten Seite an Seite, lachten, machten Witze und neckten sich, während sie das Haus auf Vordermann brachten, Feuerholz sammelten, und fürs große Essen schnippelten, hackten, auswalzten, mit Fett übergossen und in Butter schwenkten. Die meisten seiner Geschwister kamen schon am Abend zuvor an. Grey hasste es, im quälend langsamen Verkehr Stoßstange-an-Stoßstange zu fahren, der am Mittwochabend aus Manhattan herauströpfelte. Also stand er mit der Dämmerung auf und hatte eine schnelle Fahrt die Palisades hoch und dann auf die Route 17 vor sich.

Aber heute war er zu aufgeregt, um zu Hause zu bleiben. Er tigerte herum und herum, bis er es nicht mehr aushielt. Barbara würde schon da sein, und er musste wissen, was los war. Um sieben Uhr hatte er sich entschieden und warf seine Tasche ins Auto. Der Jaguar röhrte und machte sich auf Richtung Norden. Auf seinem Weg zu den Palisades traf er überraschend auf ein Loch im Verkehr – er erreichte ohne Schwierigkeiten die George Washington Bridge, doch dort kam der Verkehr zum Stillstand.

Er fühlte die Wut in sich hochsteigen. Er stellte das Radio an und drehte am Sender, um etwas Beruhigendes hereinzubekommen, als auf einmal Michael Bubles ‚Haven't Met You Yet' durchs Auto hallte. Er hielt inne und lehnte sich dann zurück, hörte einfach nur zu und erinnerte sich an ihre erste gemeinsame Nacht. Während sein Auto im Dunkel eines frühen Abends Zentimeter um Zentimeter über die Brücke kroch, lächelte er bei der Erinnerung an seinen Tanz mit Carrie, wie er sie auf den Tisch gelegt hatte. Wie schön sie gewesen war, als sie miteinander geschlafen hatten; versunken in ihrer Leidenschaft, Feuer in den Augen, ihr Körper weich und nachgiebig, sich für ihn beugend, reagierte sie auf jede seiner Berührungen. Er wurde hart, wenn er nur daran dachte. Ihre Haut unter seinen Fingerspitzen, ihr Geschmack auf seinen Lippen, die Fülle ihrer Brüste in seinen Händen – er konnte sie nicht vergessen.

Ich gebe nicht auf! Als der Song geendet hatte, drehte er weiter, bis er einen Sender mit klassischer Musik fand. Sie beruhigte ihn und erlaubte es ihm, auf seinem Weg nach Pine Grove nachzudenken. Als er die zwölfte Ausfahrt erreicht hatte, war der Verkehr um ihn herum ruhig geworden. Den Rest des Weges fuhr er wie auf Autopilot, dachte nur an Carrie und die Zeit, die sie miteinander verbracht hatten.

Es ist mir egal, dass es nur ein paar Monate waren. Ich will sie. Sie ist die Eine. Zwei Ausfahrten vor der, welche zum Haus seiner Eltern führen würde, fasste Grey den Entschluss, dass er Carrie haben würde. Sie würde seine Frau werden, egal, was es ihn kostete, und er würde nicht aufgeben, bis sie ja sagte. Er atmete tief ein und ein kurzes Gefühl von Frieden überkam ihn. Ein kleines Lächeln erschien auf seinen Lippen.

Er fuhr auf die große kreisförmige Einfahrt seiner Eltern und bemerkte, dass er als Letzter angekommen war. Alle anderen Autos waren schon da. *Gut. Barbara ist hier. Ich kann also Antworten bekommen.* Laut seiner Uhr war es halb elf. In dem großen viktorianischen Haus brannte nur noch im Erdgeschoss Licht. Grey holte seine Schlüssel heraus und öffnete die Tür.

Als er den Eingangsbereich betrat, erstarb das Gemurmel im Hintergrund. Er trat unter dem Bogen ins Wohnzimmer und seine Mutter sprang regelrecht aus dem Sessel, ein breites Lächeln auf ihrem Gesicht.

„Grey! Ich freue mich so, dich zu sehen. Wo ist sie? Immer noch im Auto; ist sie eingeschlafen?", fragte seine Mutter, ihre Augen auf den Eingang gerichtet.

„Sie wird nicht kommen."

„Was?", sagte seine Mutter und sank wieder auf ihren Sitz. Ihr Lächeln war verschwunden.

Grey schaute Barbara direkt an und sah, wie sie einen langen Seufzer ausstieß.

„Warum? Was ist passiert? Sie ist doch nicht krank, oder?", fragte Greys Mutter, Fran Andrews.

„Nein, ist sie nicht. Vielleicht sollten wir lieber Barbara fragen, warum Carrie heute nicht hier ist."

Jenna, John, sein Vater und Fran wandten sich in einer Bewegung Barbara zu. Selbst ihr eigener Mann Earl schaute zu ihr. Barbara wurde rot.

„Es ist nicht meine Schuld, Grey. Wirklich." Sie ließ sich auf einem Ohrensessel nieder.

„Sie hat mir nicht erzählt, was passiert ist. Ich wäre dir sehr verbunden", bat Grey, als er sich ihr gegenüber ebenfalls setzte.

Barbara erklärte ihrer Familie den Konflikt mit ihrem Boss und der Werbeagentur.

„Und wann genau wolltest du mir davon erzählen?", fragte Grey wütend, das Gesicht verdunkelt.

„Ehrlich Grey, ich dachte nicht, dass du davon betroffen wärst. Ich meine, sie ist es, die entscheiden muss, ob sie ihren Job behält oder ihre Beziehung. Kannst du ihr diese Entscheidung abnehmen?"

Es wurde still im Raum.

„Wenn ich davon gewusst hätte, dann hätte ich vielleicht ...", begann er.

„Vielleicht was?", fragte Barbara und erhob sich.

„Es mit ihr besprechen können?"

„Wenn sie mit dir darüber hätte reden wollen, warum hat sie es dann nicht getan? Das ist allein ihre Entscheidung gewesen, nicht meine." Barbara ging zum Kamin und legte ihre Hand auf den Sims, als sie ins Feuer starrte. "Denkst du denn, ich möchte, dass mein kleiner Bruder die Frau verliert, die er liebt?"

„Wer sagt denn etwas von Liebe?"

„Du hast sie eingeladen, oder nicht?"

„Und?"

„Das sagt doch alles. Glaub mir, ich wollte diesen Anruf nicht machen. Aber ich kann meinen Job nicht aufs Spiel setzen. Carrie ist sehr talentiert. Ich wollte sie auch nicht für unsere Firma verlieren, aber ich musste Mr. Goodhue anrufen." Barbara verschränkte ihre Arme über ihrer Brust und ging langsam vor dem Feuer auf und ab.

„Du wolltest also, dass sie mich verlässt, damit sie weiterhin für euch als Kunden arbeitet?", stellte Grey sie zur Rede und erhob sich ebenfalls.

Alle Augen richteten sich auf Barbara.

„Was ich wollte, spielte keine Rolle. Es war ihre oder Goodhues Entscheidung. Er hätte sie auch einfach feuern können." Sie hielt inne und schaute der Reihe nach in ihre Gesichter.

„Oder sie in eine andere Abteilung versetzen können?"

„Er sagte, diese Möglichkeit gäbe es nicht."

„Was ist mit New Business?"

„Für die Gehälter in New Business ist kein Budget vorgesehen. Es wird dadurch kein Einkommen generiert, was ein Gehalt rechtfertigen würde. Goodhue hat mir das alles erklärt. Glaub mir, wir sind alle Optionen durchgegangen. Ich wollte dich nicht in diese Lage bringen", sagte Barbara und legte ihre Hand auf seinen Arm.

„Du hast nicht mich in diese Lage gebracht, sondern Carries Karriere lahmgelegt."

„Es war mein Boss. Wenn es nach mir gegangen wäre ..."

„Ich verstehe. Ich verstehe schon."

Grey schritt aus dem Wohnzimmer, zurück zu seinem Wagen. Er öffnete den Kofferraum und holte seine Tasche heraus. Als er zurückkehrte, hatte sich niemand von seinem Platz gerührt. Alle waren still.

„Und Jenna hat auch schon ‚Daumen hoch' gesagt", seufzte Colin, Greys jüngerer Bruder.

Colin stand auf und brachte die leeren Kaffeetassen in die Küche. Jenna ging zu Grey herüber und umarmte ihn fest. Sie flüsterte ihm etwas zu.

„Du kannst sie jetzt nicht fortgehen lassen."

Grey schaute sie an.

„Ich möchte, dass sie ein Teil dieser Familie wird. Sie ist schon wie eine Schwester für mich."

„Nach einem Wochenende?", fragte er mit gehobener Augenbraue.

„Ich mag sie eben. Und außerdem war es alles andere als ein gewöhnliches Wochenende", neckte ihn Jenna.

Grey hob die Hände und trat einen Schritt zurück.

„Okay, okay, ich weiß ... Bitte, bring sie zurück." Jenna berührte seinen Unterarm.

Bill trat zu Jenna und nahm ihre Hand, um sie die Treppe nach oben zu führen. Barbara versuchte, auf ihrem Weg in die Küche Grey nicht anzuschauen. John Andrews kam zu ihm und schüttelte seine Hand.

„Gut, dass du da bist, mein Sohn", sagte er und ging dann ebenfalls nach oben.

Fran umarmte Grey.

„Ich weiß, dass du enttäuscht bist", fing Grey an.

„Es ist schon okay, Liebling. Mir geht's gut. Ich möchte einfach nur, dass du glücklich bist. Was auch immer du tust, mach, was für dich am besten ist."

Seine Mutter nahm den gleichen Weg wie sein Vater. Earl drehte sich zu ihm und winkte ‚Gute Nacht', bevor er zu Bett ging. Nur Barbara war noch in der Küche.

Grey ging zu ihr und setzte sich an den Küchentisch.

„Kaffee?", fragte sie, die Kanne über einer sauberen Tasse schwebend.

Er schüttelte den Kopf.

Barbara setzte sich ihm gegenüber. „Es tut mir so leid, Grey. Wenn es einen anderen Weg gegeben hätte ..."

„Es ist nicht deine Schuld, Barbara. Du hast recht damit, dass Carrie das alles mit mir hätte bereden sollen. Ich weiß nicht, wieso sie das nicht getan hat."

„Alles Gute", sagte sie und tätschelte den Arm ihres Bruders.

„Kommst du ins Bett?", fragte Earl, der seinen Kopf in die Küche steckte.

Barbara stand auf und verließ Grey.

Grey erhob sich ebenfalls und trat ans Küchenfenster über der Spüle. Der Mond schien auf die nackten Zweige der Eichen und Ahornbäume, die mit ein wenig Schnee bedeckt waren. Im Mondlicht konnte er sehen, dass es wieder schneite. Ein weißes Thanksgiving, so, wie er es liebte. Und er würde es nicht mit Carrie teilen können. Er vermisste sie in diesem Haus. Jeder hier hatte jemanden, mit dem er das Bett teilen würde, und er wollte Carrie hier, in seinen Armen, in seinem Bett. Enttäuschung machte sich in ihm breit.

„Es ist noch nicht vorbei", sagte er laut zu sich selbst, bevor er nach oben zu Bett ging.

Kapitel Fünfzehn

Unfähig zu schlafen, stand Carrie früh an Thanksgiving auf. Auch wenn Freunde etwas zu Essen mitbringen würden, gab es noch viel zu tun. Sie machte einen großen Pott Kaffee, schrieb eine Liste und setzte sich dann an ihren Computer. Sie wollte ein wenig mit der Überarbeitung und einigen anderen Aufgaben vorankommen, bevor sie mit den Vorbereitungen für das Festmahl anfing.

Eine Stunde später kam Delia gähnend die Treppe hinunter.

„Ich sehe, du hast alles unter Kontrolle", sagte sie, als sie sich eine Tasse Kaffee einschenkte.

Neben einer halb leergetrunkenen Tasse lag ein Schneidebrett, auf dem Carrie die Zutaten für die Füllung vorbereitete. Sie hackte Pilze und Sellerie.

„Es gibt viel zu tun. Ich muss doch alles organisieren."

„Ich bin froh, dass du kochen kannst, denn ehrlich gesagt, das ist mir einfach zu hoch, Carrie. Ich konnte mich nie überwinden, das zu lernen. Das wird das beste Thanksgiving aller Zeiten, jetzt, wo du da bist."

Obwohl es erst acht Uhr morgens war, klingelte das Telefon. Delia sprang auf.

„Wer zur Hölle ruft um diese Uhrzeit an?"

Sie räusperte sich und nahm das Telefonat an. Nachdem die Förmlichkeiten zur Begrüßung ausgetauscht waren, nahm sie das Telefon ins Wohnzimmer mit und setzte sich.

„Grey, wie schön, von dir zu hören", schnurrte sie.

Carries Kopf schoss nach oben und sie starrte über die Arbeitsfläche direkt ins Wohnzimmer zu Delia hinüber. Ihre Tante lächelte ihr zu.

„Sie ist hier, aber sie ist gerade beschäftigt damit, das Essen vorzubereiten. Ich habe zwei linke Hände bei allem, was die Küche betrifft. Wir werden nicht viele sein. Nur ein paar Freunde und mein Partner Tony. Ach ja, und Tonys Sohn Mario. Mario ist dreißig, noch zu vergeben und ein echter Latin Lover, wie man so hört."

Delia schwieg eine Weile und hörte zu.

„Wenn sie bald damit fertig ist, sage ich ihr, dass sie dich anrufen soll. Ich wünsche dir einen wunderschönen Feiertag. Ja, dir auch."

Delia legte auf.

„Warum hast du ihm von Mario erzählt?", fragte Carrie, unfähig, ihre Wut zu verbergen.

„Der Mann sollte wissen, dass er Konkurrenz hat", erklärte Delia lächelnd.

GREY WARF DEN HÖRER auf die Gabel, was seinen Vater veranlasste, sich zu ihm umzudrehen. John Andrews kümmerte sich gerade um eine große Pfanne mit Schinken, während er ein Dutzend Eier darin zu Rührei verarbeitete. Die anderen Mitglieder der Andrews-Familie zogen sich an und verteilten Aufgaben.

John schaute Grey fragend an.

„Nichts, Dad", sagte Grey kurz angebunden.

„Klang mir nicht nach nichts."

„Delias Freund hat einen dreißig Jahre alten Sohn ... So ein Latin Lover. Er wird heute mit ihnen zu Abend essen."

„Du machst dir doch nicht etwa Sorgen um Carrie wegen diesem Typen, oder?"

Grey schaute seinen Vater streng an.

„Ist sie so wankelmütig? Ein Typ, der einfach so ihr Herz im Sturm erobert? Blödsinn!"

„Sowas passiert andauernd", meinte Grey und ließ sich in einen Küchenstuhl plumpsen.

John drehte den Herd aus und wandte sich ganz seinem Sohn zu.

„Wenn du dir solche Sorgen darum machst, warum bist du dann noch hier?"

Grey schaute zu seinem Dad auf.

„Sohn, ist sie deine Frau?" John drehte dem Herd den Rücken zu.

Grey nickte.

„Dann geh zu ihr, und hör auf, uns hier auf die Nerven zu gehen. Wir müssen hier ein Festmahl auf die Beine stellen. Ich muss Schinken mit Ei machen. Mach dich raus", sagte er und drehte sich wieder zu dem eben erwähnten Frühstück um, da er sein Lächeln vor seinem Sohn nicht verbergen konnte. Dann drehte er die Hitze wieder hoch und briet weiter.

Grey ließ den Kopf hängen, doch er lächelte. Er stand auf, nahm seine Schlüssel aus seiner Jeanstasche und ging zur Tür. Am Herd blieb er noch einmal stehen.

„Ich denke, ich brauche ein bisschen frische Luft. Danke, Dad", sagte er und klopfte seinem Vater auf die Schulter.

John lächelte seinem Sohn einfach zu und kümmerte sich dann weiter um seinen Schinken.

Das letzte, was Grey hörte, bevor er die Vordertür hinter sich schloss, war die Stimme seines Vaters, wie er rief: „Wer will zuerst frühstücken?"

CARRIE HIELT IN EINER Hand ihre Liste und trank mit der anderen ihren zweiten Kaffee an diesem Morgen. Der Truthahn war im Rohr. Der Tisch gedeckt. Der Salat geschleudert, nur das Dressing fehlte noch. Zwei Kuchen waren bereit. Alles andere würden die Gäste mitbringen.

Carrie öffnete ihren Computer, um weiter an den Änderungen zu arbeiten, während Delia unter der Dusche stand. Sie saß am Esszimmertisch und schaute aus dem Fenster. Auf dem großen Fluss hinter dem Haus formte sich an manchen Stellen schon eine dünne Schicht Eis. Ein leichter Schneefall bedachte die immergrünen Bäume mit einer dünnen Schneedecke, gerade genug, dass sie wie aus einer Weihnachtskarte von Currier & Ives entsprungen zu sein schienen. Die Aussicht war wunderschön. Sie hatte sie schon unzählige Male bewundert, all die Jahre, wenn ihre Familie zu Delia und Jack gefahren war, zu einem Familien-Thanksgiving in diesem gemütlichen kleinen Haus im Wald.

Sie fragte sich, was Grey jetzt machte, was seine Familie jetzt machte. Sie fühlte sich schuldig, weil sie in letzter Minute abgesagt hatte. Was würden sie über diese Unhöflichkeit denken? Sicherlich würde Barbara alles erklären. Trotzdem, sie hatte gehen wollen, seine Familie kennenlernen wollen, ihr Haus sehen, von dem Grey immer so viel schwärmte. Sie hatten bestimmt viel Spaß miteinander, neckten sich, arbeiteten zusammen für das Fest und spielten Gesellschaftsspiele, wie jede andere große Familie an diesem Feiertag. Carrie fühlte, wie sich ihr Magen zusammenzog. *Wie schön es sein muss, Teil einer großen, liebevollen Familie zu sein.* Sie seufzte und streckte sich, unfähig, sich auf ihr Schreiben zu konzentrieren. *Ich nehme mir heute frei.* Sie klappte ihren Computer zusammen und zog sich eine Hose aus Fleece und eine Daunenjacke über.

„Ich gehe mal kurz spazieren, Delia", rief sie Richtung Badezimmer.

Carrie griff sich eine Handvoll Vogelfutter aus einem Säckchen, das neben der Hintertür hing, ging raus und schloss die Tür hinter sich.

Sie wanderte in den Wald hinein, auf der Suche nach Vögeln. Viele waren inzwischen nach Süden aufgebrochen, aber es gab immer einige Spatzen und Meisen, die nach Futter suchten. Sie warf einige Samen auf den Boden und lief weiter. Sie suchte nach einem großen Baumstumpf, auf dem sie sich hinsetzen konnte. Sie fand schließlich einen Baumstamm, der auf dem Boden lag, gefällt von einem Sturm, und sie setzte sich und wartete auf Vögel, die das Futter anlocken würde.

Nach einer Weile näherten sich ein paar, und sie zog ihre Kamera hervor. Ihr gelangen ein paar gute Bilder der Vögel, wie sie die Samen aufpickten. Nach zwanzig Minuten wurde ihr allmählich kalt. Ihre Finger und Zehen waren eisig. Sie brach wieder auf und ging den Weg zum Haus zurück. Als sie zum Himmel sah, war sie überrascht, dass Rauch aus Delias Schornstein aufstieg.

Wer hat ein Feuer angezündet? Vielleicht hatte Delia ihre Angst vor Zündhölzern inzwischen lange genug überwunden, um ein Feuer vorzubereiten und in Gang zu setzen, aber sie bezweifelte das. Delia, in vielen Bereichen eine sehr talentierte Frau, hatte sich nie viel aus Hausarbeit gemacht. Als sie näherkam, sah sie ein Auto in Delias Auffahrt. Und tatsächlich – es war ein silberner Jaguar XK.

Sie hastete zum Haus und hielt bei der Küchentür an, um ihre Schuhe auszuziehen. Sie hörte Gelächter aus dem Wohnzimmer und lugte durch die Durchreiche zwischen Wohnzimmer und Küche. Grey trank Kaffee mit Delia, vor einem lodernden Feuer, das er vermutlich selbst angezündet hatte. Als Carrie eintrat, stand er auf.

Sie betrachtete ihn. Er trug einen hellbraunen Pullover mit V-Ausschnitt über einem weißen Hemd, braune Kordhosen und ein breites Lächeln. Ihr Herz machte einen Sprung. Sie konnte nicht glauben, wie glücklich sie war, ihn zu sehen.

„Ich muss noch ein paar Anrufe machen", sagte Delia und ging leise die Stufen hoch zu ihrem Zimmer.

„Hi", sagte Grey. Er stand wie angewurzelt vor dem Sofa, auf dem er eben noch gesessen hatte.

„Hi", antwortete Carrie. Auch sie bewegte sich nicht.

Sie wollte zu ihm laufen, aber sie wusste nicht, was er fühlte.

„Hast du mit Barbara gesprochen?", fragte sie.

Er nickte.

„Also weißt du alles", sagte sie.

„Nicht alles. Ich weiß nicht, was du fühlst", sagte er und näherte sich ihr langsam.

„Ich?" Sie trat einen Schritt zurück.

„Was wirst du jetzt tun?" Er blieb nicht stehen.

„Ich ... ich ..."

„Vielleicht sollten wir darüber reden?"

„Du bist den ganzen Weg hierhergefahren, um zu reden?"

Grey hatte den Raum durchquert und stand vor ihr. Sie schaute auf, in seine Augen, und konnte nicht sprechen. Sie konnte nicht fassen, wie sehr sie ihn vermisst hatte, seit Montag, als sie sich das letzte Mal getroffen hatten.

„Ich weiß, das ist eine schwere Entscheidung für dich ... Und wir kennen uns noch nicht so lange. Aber ich weiß, was ich für dich fühle, Carrie", sagte Grey.

„Ja?"

„Wir könnten zusammenziehen. Ich habe in meinem Haus viel Platz. Raum für dich, zu schreiben ... Du könntest dein eigenes Schreibzimmer haben."

„Zusammenziehen?" Sie schlang ihre Arme um ihren Oberkörper.

Das war es nicht, was ich hören wollte.

„Ich möchte dich nicht verlieren."

Er schaute hinunter auf seine Hände, dann den Fußboden, bis sein Blick wieder zu ihrem Gesicht wanderte.

„Ich habe mich noch nie vorher gebunden. Das ist nicht leicht für mich." Sein Fuß tappte auf dem Boden.

„Und ich habe mir schon einmal schlimm die Finger an sowas verbrannt. Auch für mich ist es nicht leicht", entgegnete sie.

„Was würdest du brauchen, damit du deinen Job aufgeben kannst?" Er nahm ihren Ellbogen in seine Hand.

„Bei dir klingt es wie was Geschäftliches. Als würdest du meinen Preis wissen wollen."

„Das war nicht meine Absicht. Ich … Das ist mein erstes Gespräch … über so etwas."

„Wolltest du das niemals zuvor?" Sie trat von ihm zurück.

„Ich wollte niemals so sehr jemanden, wie ich dich will."

„Du möchtest, dass ich aufhöre?"

„Ich würde lügen, wenn ich das Gegenteil behaupte. Natürlich möchte ich, dass du dich für mich entscheidest. Aber nur, wenn du es selbst auch willst. Weil du mich so liebst, wie ich dich liebe." Ein Hauch von Röte bedeckte seine Wangen.

Da ist es. Das magische Wort. Liebe.

Als er wieder näherkam, lächelte sie zu ihm auf. Er legte seine Hände auf ihre Arme und senkte seinen Kopf, bis seine Lippen nur noch einen Hauch von ihr entfernt waren.

„Ich liebe dich, Grey. Mehr, als ich dachte."

„Ich liebe dich so sehr, Carrie. Die letzten zwei Tage ohne dich, war ich … wahnsinnig, verzweifelt. Ich bin verrückt nach dir. Ich brauche dich an meiner Seite. Heirate mich."

Er zog eine kleine Schachtel aus seiner Tasche und klappte sie mit seinem Daumen auf. Ein Verlobungsring mit einem Diamanten im ovalen Marquiseschliff, etwa drei Karat schwer.

Carrie starrte erst den Ring mit offenem Mund an, dann ihn, dann wieder den Ring.

„Nun?", fragte er, Schweißperlen auf der Stirn.

„Ja … ja! Ich werde dich heiraten", keuchte sie hervor. Ihre Gefühle drückten ihr die Kehle zu.

Greys Gesicht leuchtete mit einem breiten Lächeln auf. Er zog den Ring aus dem Kästchen und ließ ihn auf ihren Finger gleiten.

„Er ist wunderschön", sagte sie und spreizte die Finger ihrer linken Hand. Der Ring strahlte im Licht des Feuers.

„So wie du", sagte er, und sein Mund senkte sich zu ihr für einen leidenschaftlichen Kuss.

Carrie schlang ihre Arme um seinen Hals und zog ihn näher an sich. Seine Hände wanderten ihren Rücken hinunter, um in ihren Hintern zu kneifen. Als sie sich atemlos voneinander lösten, trat sie zurück, einen Finger an ihre Unterlippe gelegt.

„Ich liebe dich so sehr ... Ich habe dich auch vermisst."

„Warum hast du nicht angerufen?"

„Ich musste das erst alles durchdenken, bevor ich eine Entscheidung treffen konnte. Ich wusste nicht, was sich zwischen uns entwickeln würde. Wenn ich meinen Job aufgeben würde und du irgendwann verschwindest ... Ich wäre am Boden zerstört."

„Jetzt kannst du aufhören und musst dir keine Sorgen machen. Ich gehe nirgendwohin. Nur zu, ruf Goodhue an. Lass die Bombe heute noch platzen", bat Grey sie.

„Das muss ich nicht."

Grey sah sie fragend an.

„Ich habe es schon getan. Ich habe ihm meine Kündigung heute Morgen bereits zugefaxt."

„Du hast es schon getan? Obwohl du dir über mich noch nicht im Klaren warst? Oh, Carrie ... Du liebst mich wirklich, nicht wahr?" Er zog sie wieder in seine Umarmung.

Sie schloss ihre Augen und ließ sich in seine Wärme sinken. "Ich konnte dich nicht verlassen. Ich dachte mir, wenn du mich verlässt, dann werde ich damit fertig, irgendwie."

„Ich werde dich nie verlassen."

„Ich weiß. Ich bin auf ‚Der Heiratsliste', nicht wahr?"

„Welcher Liste?"

Sie lachten und umarmten sich wieder. Delia erschien auf dem Treppenabsatz. „Ihr habt euch wohl wieder vertragen, hmm?"

„Wir sind verlobt." Grey strahlte sie an.

„Wird auch Zeit!", sagte Delia und tat so, als würde sie sich Schweißtropfen von der Braue wischen.

„Jetzt kannst du Mario sagen: ‚Pech gehabt.'"

„Mario? Mario ist schwul", kicherte Delia.

Der überraschte Ausdruck auf Greys Gesicht ließ beide Frauen in Gelächter ausbrechen.

„Delia, du hast mich angelogen!"

„Eigentlich nicht, Grey. Er ist ein Latin Lover, aber er interessiert sich für Männer, nicht für Frauen. Ich habe diese Information einfach nicht erwähnt."

„Der Truthahn brutzelt im Ofen und auch sonst ist soweit alles vorbereitet, richtig? Wenn ihr gehen wollt, sagt mir, was ich mit diesem verdammten Vogel anfangen soll, und dann macht euch vom Acker."

„Bist du dir sicher?"

„Natürlich, Cookie. Wahrer Liebe stehe ich niemals im Weg."

Carrie schrieb einige Anweisungen auf, dann warf sie ihre Kleidung in ihre Tasche und rannte hinaus zum Wagen. Es war schon zwölf Uhr, und sie hatten reichlich zwei Stunden Fahrt vor sich. Carrie glitt auf den Sitz neben ihm, schnallte sich an und ließ sich in den Sitz sinken. Sie konnte nicht aufhören, zu strahlen. Sie schaute auf Greys Profil. Er warf ihr einen Blick zu, lächelte kurz und brachte sie damit zum Kichern.

Glück erfüllte sie, als der XK den Highway hinunterjagte. Die meisten hatten ihr Ziel für diesen Tag wohl erreicht, denn die Straßen waren nahezu leer.

„Werden deine Eltern wütend sein?"

„Meine Mutter hat auf dich gewartet, seit ich fünfundzwanzig bin, Liebste."

„Ich kann es nicht erwarten, deine Familie kennenzulernen, und das sagenumwobene Haus zu sehen."

„Gegenüber dir sieht es blass aus." Er schaute einen Moment zu ihr herüber.

„Worte eines verliebten Mannes."

Sie schaute aus dem Fenster und fühlte ihren schnellen Herzschlag.

„Jetzt kann ich meine Zeit damit verbringen, Romane zu schreiben."

„Ich habe schon das perfekte Zimmer für dich. Es liegt im zweiten Stock, nach Süden, die Morgensonne lugt herein. Du kannst darin den ganzen Tag schreiben. Keine neuen Pitches für New Business, lange Nächte ... Außer mit mir natürlich."

„Ich ziehe in dein Stadthaus?"

„Natürlich, du wirst doch meine Frau werden. Ich liebe dein Apartment, aber es ist zu klein für uns beide ... und irgendwann uns drei, oder mehr."

„Kinder?"

„Wie viele?"

„Zwei?" Sie hielt zwei Finger hoch und warf ihm einen fragenden Blick zu.

„Klingt gut", sagte er und lachte.

Carrie konnte es nicht fassen, wie sie sich fühlte – als würde sie schweben, hoch über den Wolken.

DER XK HIELT VOR EINEM imposanten dreistöckigen viktorianischen Haus. Es war inzwischen etwa halb drei Uhr. Grey lachte sich ins Fäustchen – er ging davon aus, dass alle Arbeiten inzwischen erledigt waren und er für dieses Jahr davongekommen war.

Als sie aus dem Wagen stiegen, schaute er auf das Haus und entdeckte seine ganze Familie, wie sie sich in den beiden riesigen Wohnzimmern drängten und durch die Gardinen lugten. Er musste bei so viel Enthusiasmus lächeln. Grey öffnete den Kofferraum und holte Carries Tasche heraus. Als er sich umdrehte, stand sie hinter ihm und legte ihre Hand in seine. Ihr Gesicht war angespannt.

„Nervös?"

„Ein bisschen."

„Das musst du nicht sein. Eigentlich kannst du gar nicht so nervös sein wie sie es sind", sagte er und nickte zum Haus hinüber.

Als sie sich dem Haus näherten, sah Grey, wie seine Mutter als erste vom Fenster verschwand. Dann löste sich ein Familienmitglied nach dem anderen von der Scheibe und füllte die große Eingangshalle, um sich auf Carrie zu stürzen, wenn sie eintrat.

Noch bevor sie die Stufen vor der Eingangstür erreicht hatten, schwang sie auf und seine Mutter stand im Türrahmen, ihre Arme vor der Brust gefaltet, weil es kalt war, ein breites Lächeln auf ihren Lippen, welches ihr Gesicht erhellte. Greys Augen trafen auf ihre und sein Lächeln war ihrem ebenbürtig.

„Das muss Carrie sein", sagte Fran Andrews und öffnete ihre Arme.

Sie zog Carrie sofort an sich und hüllte sie in eine warme Umarmung. Carrie lächelte und schloss ihre Augen.

„Das hast du gut erraten, Mom", neckte Grey.

„Kommt rein, kommt rein, es ist kalt hier draußen", forderte Greys Vater sie auf und zog seinen Sohn am Arm und langte gleichzeitig nach Carries Tasche.

„Ich hab sie schon, Dad." Grey behielt die Tasche in seiner Hand, als sein Vater sich ins Haus zurückzog.

Der Rest der Familie drängte sich hinter der Vordertür. Jenna schob sich durch die Menge, um die nächste zu sein, die Carrie zur Begrüßung umarmte. Dann trat sie einen Schritt zurück und griff nach Carries Hand. Jenna starrte den großen Diamantring an. Sie kreischte auf.

„Ihr seid verlobt?" Sie sprang in die Luft.

Carrie trat an Greys Seite, ließ einen Arm um seine Hüfte gleiten und lächelte.

„Ich musste ihr einen Antrag machen, oder ich hätte sie verloren. Nun ist sie mein." Er lächelte auf sie herab und legte seinen Arm um ihre Schulter.

Fran Andrews wischte sich eine Träne aus dem Auge. "Komm herein, Carrie. Grey, bring ihre Tasche hoch in dein Zimmer. Abendessen gibt es nicht vor fünf Uhr. Aber ein paar Kleinigkeiten zum Naschen gibt es schon." Fran nahm Carrie bei der Hand und führte sie ins Wohnzimmer.

„Denk nicht, wir hätten dir nicht ein paar Hausarbeiten übrig gelassen, Grey", tönte Colin.

„Dankeschön!", kam es von Grey aus dem Flur zurück.

Als er wieder die Treppe herunter sich dem Wohnzimmer zuwandte, blieb er in der Tür stehen. Sein Herz machte einen Sprung, als er die Szene vor sich aufnahm. Carrie saß auf dem Sofa, während der Rest der Familie sich um sie versammelt hatte. Jenna hatte den Sitz neben ihr für sich beansprucht. Fran saß auf ihrer anderen Seite. Sein Vater saß ihnen mit Barbara zusammen gegenüber. Die Schwiegereltern hatten auf Barhockern Platz genommen und Colin saß auf dem Sitzkissen in der Nähe des Sofas. Alle redeten durcheinander und stürmten mit Fragen auf Carrie ein, die diese gar nicht schnell genug beantworten konnte. Sie lachte.

Als er eintrat, wurde es für einen Moment leiser und alle schauten zu ihm. *Es gibt vieles, für das ich dieses Jahr dankbar sein kann.*

„Einer nach dem anderen, einer nach dem anderen. Gebt ihr wenigstens eine Chance zum Luftholen", sagte er und ließ sich neben ihr aufs Sofa sinken, nachdem Jenna Platz für ihn gemacht hatte, die nun auf der Lehne direkt hinter Grey saß.

Carrie schaute zu ihm auf und er küsste sie leicht.

„Hey, warte auf den Mistelzweig, du Lustmolch", lachte Colin.

Kapitel Sechzehn

Der dreiundzwanzigste November, der Tag vor ihrem vierten gemeinsamen Thanksgiving, war kalt und verregnet. Carrie erinnerte sich an das erste Fest, welches sie zusammen gefeiert hatten und blickte auf ihren Verlobungsring, der vor drei Jahren neben einem Ehering seinen Platz an ihrer Hand gefunden hatte. Sie saß vor dem bodentiefen Fenster und schaute auf den hübschen Garten hinter ihrem Stadthaus auf der Manhattan Avenue hinaus. Kalter Regen lief die Scheiben hinunter und verschleierte den Ausblick. Carrie hatte es warm und gemütlich, in Hosen und Shirt aus Fleece und eine warme Tasse Tee in der Hand und beobachtete die Vögel, die hin und wieder an ihrem Vogelhaus Rast machten.

Heute würden sie und Grey für das morgige Fest kochen. Sie hatten geplant, morgen um sieben Uhr in der Früh das Haus zu verlassen, damit sie rechtzeitig zum Frühstück bei der Andrews-Familie eintrafen. Sie würden früh zu Bett gehen.

Grey war bei einem Geschäftstermin, der sich kurzfristig ergeben hatte, da ein neues Unternehmen Potentiale versprach, die sie sich nicht entgehen lassen wollten. Sie streckte sich, stellte die Tasse ab und holte ihren roten Stift hervor. Sie prüfte gerade das Manuskript ihres dritten Kriminalromans, aber sie fühlte sich unruhig. Wo war Grey? Sie vermisste ihn. Er war so mit diesem neuen Deal beschäftigt gewesen, dass sie in der letzten Woche nur wenig Zeit miteinander hatten verbringen können. Carrie fühlte Lust in sich kribbeln. Sie brauchte Grey. Sie hatten über eine Woche schon nicht mehr miteinander geschlafen, die längste Zeit ohne Sex in ihren drei Ehejahren, und sie hielt es kaum noch aus.

Sie hatte eine Idee, wie sie ihn zur Heimkehr bewegen konnte. Sie blickte auf ihre Uhr, sprang von ihrem Stuhl und ging ins Schlafzimmer, wo sie sich ihres BHs und Shirts entledigte. Vor dem großen Kommodenspiegel probierte sie einige kokette Posen aus. Mit der Kamera ihres Handys fotografierte sie ihre nackten Brüste, so nah, wie es möglich war. Sie schaute nochmal auf ihre Uhr. *Jetzt steckt er gerade mitten im Meeting.* Sie legte sich aufs Bett und kicherte.

GREY WARF EINEN BLICK auf die Uhrzeit, als sein Partner dem Besitzer der Firma, die für ihr Investment in Frage kam, noch eine Frage stellte. Es war um vier, und er musste nach Hause. Er vermisste Carrie. Er war scharf auf sie, ruhelos und wollte nur noch verschwinden, aber der Präsident kam einfach nicht zum Ende. In seiner Jeanstasche vibrierte sein Telefon.

Er entschuldigte sich und trat auf den Flur, um die Nachricht anzusehen. Sie war von Carrie. Sobald er das Bild sah und die Nachricht darunter las, brach er in Gelächter aus. Er schaute noch mehrere Male darauf, Lust durchfloss seine Adern, dann steckte er das Handy wieder ein. Seine lüsterne Frau wartete auf ihn. Zeit, das Meeting zu verlassen und nach Hause zurückzukehren.

Er sandte ihr eine Nachricht zurück: „Bin auf dem Weg. Fang nicht ohne mich an."

Er nahm sich eine Minute, um sich zu beruhigen und das lüsterne Grinsen von seinem Gesicht zu bekommen und ging dann wieder in den Konferenzraum. Dort blieb er beim Wasserspender stehen und atmete tief ein.

„Gentlemen, ich habe einen dringenden Anruf von zu Hause erhalten, daher muss ich nun aufbrechen", sagte Grey.

„Carrie? Ist alles in Ordnung?"

„Nichts Schlimmes, John, aber es erfordert mein sofortiges Handeln."

Grey fiel es schwer, das Lächeln zu unterdrücken, das in ihm aufzusteigen drohte. Er schaffte es bis er auf dem Parkplatz war, dann wuchs auf seinem Gesicht ein breites Grinsen. Der XK konnte nicht über andere Autos springen, daher wurde es eine langsame Fahrt von Downtown-Manhattan nach Hause, die fünfundvierzig statt die üblichen zwanzig Minuten dauerte. Er schrieb Carrie alle fünfzehn Minuten eine Nachricht, aber der frustrierende Stop-and-go-Verkehr stellte seine Geduld auf die Probe.

Als er endlich das Haus erreicht hatte, fand er Carrie am Telefon mit Delia vor. Er bekam das Ende ihres Gesprächs noch mit.

„Ich habe den letzten Punkt auf meiner Liste, Delia ... Ups, Grey ist zu Hause, ich muss aufhören."

Sie legte auf und wandte sich ihm mit einem schuldbewussten Gesicht zu.

„Habe ich das Wort ‚Liste' gehört? Du hast eine Liste?" fragte er und hob die Augenbrauen, während er das Glas Cabernet Sauvignon in Empfang nahm, das sie ihm reichte.

Carrie trug ein cremefarbenes, kurzes Negligee mit einem passenden seidenen Morgenmantel darüber. Eine pinke Röte stieg auf ihren Wangen auf.

„Eine Heiratsliste?"

„Nachdem ich von deiner Liste erfahren hatte, dachte ich, dass die Idee gar nicht so schlecht war. Also habe ich auch eine gemacht." Carrie legte ein Bein unter sich, als sie sich aufs Sofa setzte.

„Und du hast mir all die Jahre nichts davon erzählt, weil ...?"

„Du nie gefragt hast."

„Aber als du wusstest ..."

„Ich schätze, ich hätte es dir sagen sollen."

„Eine Heiratsliste?"

„So hat es angefangen. Nachdem wir verlobt waren, hat nur noch ein Punkt auf der Liste gefehlt. Und heute ging mein letzter Wunsch in Erfüllung."

„Ein Wunsch? Und was war das für einer?" Grey kniete sich aufs Sofa und überragte sie, Lust in seinen Augen.

Sie schaute zu ihm auf und öffnete die Seidenrobe. Ihre Hände ließen die Ärmel ihre Arme heruntergleiten, bis die Robe zu Boden fiel. Er lehnte sich zu ihr und knabberte an ihrem Hals. Sie schloss ihre Augen und fühlte, wie die Hitze seiner Lippen direkt in ihr Innerstes wanderte.

„Ich warte", flüsterte er in ihr Ohr, als er ungeduldig seine Krawatte lockerte und die Knöpfe seines Hemds öffnete.

Carrie half ihm, indem sie den Reißverschluss seiner Hose aufzog.

„Du sagst es mir doch, oder?"

„Ich denk drüber nach." Ein teuflisches Lächeln umspielte ihre Lippen.

„Bald, bitte, bevor wir zu beschäftigt mit anderen Dingen sind."

Er bewegte sich zurück und stand auf, um Hose und Boxershorts zu Boden fallen zu lassen, dann kam er wieder aufs Sofa zurück. Als er über ihr kniete, löste er die Schleife, die das Negligee zusammenhielt, sodass seine Hände ihre Brüste massieren konnten.

„Etwas an dir ist anders, aber zuerst, erzähl mir: Was ist der letzte Wunsch?"

Er vergrub sein Gesicht an ihrem Hals und erwartete ihre Antwort.

„Der letzte Punkt auf meiner Liste war, schwanger zu werden", flüsterte sie in sein Ohr.

Grey hielt kurz bewegungslos inne, dann hob er seinen Kopf und schaute in ihre Augen.

„Du bist schwanger?" Seine Augen wurden weit, und er lächelte.

Sie erwiderte sein Lächeln und nickte. „Ich habe es heute herausgefunden."

„Und noch ein Traum, der wahr wird", sagte er, als sie ihn auf sich herabzog.

Ende

Über die Autorin

Jean Joachim ist eine Bestseller-Romance-Autorin, deren Werke seit 2012 regelmäßig in den amerikanischen *Amazon Top 100* zu finden sind. Sie schreibt im Bereich Contemporary Romance, dort fokussiert sie sich vor allem auf Sport Romance und romantische Krimis.

Ihr Buch "Dangerous Love Lost and Found" gewann 2015 den ersten Platz der *International Digit Awards*. „The Renovated Heart" wurde von *Love Romances Café* als „Bester Roman des Jahres" ausgezeichnet. Dieses Buch, „The Marriage List", teilte sich den dritten Platz als „Best Contemporary Romance" der *Gulf Coast RWA*. Auch ihre anderen Bücher belegten Plätze bei diversen Auszeichnungen. 2012 wurde sie vom *New York City Chapter of RWA* zur besten Autorin gekürt.

Jean Joachim lebt mit ihrem Mann in New York City und ist die Mutter zweier Söhne. Früh morgens kann man sie vor dem Computer finden, vertieft ins Schreiben – mit einer Tasse Tee, ihrem geretteten Mops, Homer, an ihrer Seite und einem geheimen Stapel schwarzer Lakritze auf dem Schreibtisch.

Jean Joachim hat über 30 Bücher, Novellen und Kurzgeschichten veröffentlicht. Finden können Sie diese auf: http://www.jeanjoachim-books.com

HIER FINDEN SIE ALLE ihre Bücher auf Deutsch: https://wp.me/P2002B-A3

www.ingramcontent.com/pod-product-compliance
Lightning Source LLC
LaVergne TN
LVHW040150080526
838202LV00042B/3092